CARRÉS CLASSIQUES

Collection COLLÈGE dirigée par
Cécile de Cazanove
Agrégée de Lettres modernes

Madame Leprince de Beaumont

La Belle et la Bête

1757
texte intégral

Édition présentée par
Nicolas Saulais
Certifié de Lettres modernes

Nathan

Sommaire

Avant la lecture

Lire La Belle et la Bête

ISBN : 978-2-09-187804-1

Après la lecture

Autres lectures

Dossier central images en couleurs

Avant la lecture

Qui êtes-vous, Mme Leprince de Beaumont ?

Racontez-nous votre jeunesse mouvementée.

Je suis née à **Rouen en avril 1711**.

La vie s'écoule tranquillement, jusqu'à mes dix ans : ma mère meurt et nous sommes, ma famille et moi, dispersées. À quatorze ans, je deviens maîtresse au couvent d'Ernemont. Je me découvre une véritable **passion pour l'enseignement** et l'année suivante, j'apprends à lire à une trentaine de filles d'ouvriers. Je reste dix ans environ dans ce lieu avant de devenir la **gouvernante d'une princesse**.

« Je prends l'habitude d'inventer des contes. »

À trente-deux ans, j'épouse Grimard de Beaumont. De notre union naît ma première fille, Élisabeth. Hélas, je m'aperçois rapidement que le gentilhomme que j'aime n'est pas franchement recommandable. Son infidélité aboutit deux ans plus tard à l'annulation de notre mariage.

Pourquoi vous surnomme-t-on la « Magasinière » ?

Pour gagner ma vie, je pars en 1748 à Londres où je m'établis comme gouvernante et préceptrice. J'enseigne **le français** à des enfants de l'aristocratie anglaise. La même année, *Le Triomphe de la vérité*, mon premier roman, est publié en France.

Afin de rendre mon enseignement plus amusant, je prends l'habitude d'inventer des contes. Je commence à écrire pour la jeunesse, en donnant à mes récits une **couleur morale** : mes héros sont bons, honnêtes, intelligents et raisonnables...

Je finis par publier ces contes en 1757 dans un recueil, *Le Magasin des enfants*. L'un d'eux assurera ma célébrité : *La Belle et la Bête*.

Pour moi, un *magasin*, tiré du mot *magazine*, est une collection littéraire et scientifique destinée à la jeunesse. Je me suis inspirée de traités d'éducation anglais. Voltaire me surnomme d'ailleurs la *Magasinière* ! Mon *Magasin des enfants* est un dialogue entre une sage gouvernante – c'est-à-dire moi – et plusieurs de mes élèves. Je suis la première, dans la littérature française, à écrire de nombreux contes uniquement destinés à la jeunesse. **Charles Perrault**, avant moi, destinait ses écrits autant aux adultes qu'aux enfants.

Entre 1750 et 1780, je fais paraître quarante volumes, dont les plus connus sont *Le Magasin des adolescentes* (1760) et *Le Magasin des pauvres* (1768).

En 1757, j'épouse en secondes noces Thomas Pichon, avec lequel j'aurai six enfants.

Que faites-vous lors de votre retour en France ?

En 1762, je reviens à Paris, où je crée **un pensionnat pour jeunes filles fortunées**. L'année suivante, je refuse les propositions de plusieurs princes qui m'offrent des places de préceptrice. **Je préfère mon indépendance.** J'achète une terre à Chavanod, dans le duché de Savoie. Je m'occupe de mon jardin et de mes terres.

Je me consacre aussi à l'écriture de traités d'histoire, de grammaire et de théologie. Je passe les étés chez une amie, une de mes anciennes pensionnaires, au château d'Ubexy dans les Vosges. En 1776, je publie un roman largement inspiré de mon existence, les *Mémoires de la baronne de Batteville*.

« *Ma devise : plaire à la jeunesse en l'instruisant.* »

Ma devise : plaire à la jeunesse en l'instruisant. Et c'est une réussite car mes ouvrages tiennent une place de choix dans les bibliothèques de famille, de siècle en siècle ! ■

Madame de Beaumont est morte le 8 septembre 1780 à Chavanod. Elle est enterrée à Ubexy.

La France au temps de Mme Leprince de Beaumont

◆ L'esprit des Lumières

Louis XIV meurt en **1715**. La monarchie, forte et rayonnante pendant le règne du Roi Soleil, commence à décliner. L'organisation sociale et politique est de plus en plus critiquée par des écrivains qui affirment leur confiance dans la raison humaine et l'éducation. Un nouvel esprit philosophique est né : nous sommes au **Siècle des Lumières**. La rédaction de ***l'Encyclopédie***, grande œuvre collective dirigée par Diderot, en est l'illustre exemple. Il s'agit de combattre l'intolérance et le despotisme, d'éclairer tout individu sur son droit au bonheur. L'affaiblissement politique est compensé par un rayonnement littéraire, culturel et artistique unique en Europe. Frédéric II, roi de Prusse, parle français et admire Voltaire, au point de l'inviter longuement à sa cour. La tsarine Catherine II apprécie particulièrement Diderot.

« Éclairer tout individu sur son droit au bonheur. »

Les contes de Madame Leprince de Beaumont s'inscrivent dans cet esprit.

1711	Naissance de Mlle Leprince
1715	Mort de Louis XIV
1723	Début du règne de Louis XV
1725	Découverte d'une passion : l'enseignement
1743	Mariage avec M. de Beaumont

◆ Le royaume après la mort de Louis XIV

Louis XV est âgé de cinq ans à la mort de son arrière-grand-père Louis XIV. Philippe d'Orléans assure la Régence, marquée par un relâchement de l'autorité royale. Louis XV monte sur le trône en 1723 mais il laisse ses ministres gouverner, en particulier le Duc de Bourbon (de 1723 à 1726) et le Cardinal de Fleury (de 1726 à 1742).

Le royaume est entraîné dans trois guerres avec la Grande-Bretagne et l'Espagne qui aboutissent au traité de Paris, en 1763 : la France perd l'Inde et le Canada. Elle acquiert cependant deux nouvelles provinces : la Lorraine, en 1766, et la Corse, en 1768.

◆ La tension politique monte...

Louis XVI accède au trône en 1774, après la disparition de son grand-père, Louis XV. La France relève son prestige militaire, face à l'Angleterre notamment, en participant à la guerre d'indépendance américaine (1774-1783). Toutefois, la situation inquiétante des finances royales et la montée de l'esprit des Lumières font grandir les revendications de liberté.

La Révolution française couve ! ■

« La Révolution française couve ! »

1748	Début du séjour à Londres
1757	*La Belle et la Bête* dans *Le Magasin des enfants*
1762	Retour en France
1774	Début du règne de Louis XVI
1778	Mort de Voltaire et de Rousseau
1780	Mort de Mme Leprince de Beaumont

Qui sont les personnages ?

La Belle

Fille cadette d'un marchand. Elle a toutes les qualités, ce qui rend jalouses ses deux sœurs. Très attachée à son père, elle se sacrifie pour lui et part pour le château de la Bête.

➡ *Que va-t-il arriver à la Belle dans le château ?*

La Bête

Créature monstrueuse, pourtant sensible et généreuse. Elle retient la Belle dans sa demeure mais la comble d'attentions et de respect.

➡ *Pourquoi la Bête est-elle si attentionnée ?*

Le père

Riche marchand soudain ruiné, c'est un père aimant. Il pense avoir très bien élevé ses enfants. Il sera pourtant surpris par les attitudes très différentes de ses filles.

➡ *Quel événement lui révèle le vrai caractère de ses enfants ?*

Les sœurs

Égoïstes, capricieuses, elles détestent la Belle, leur sœur cadette, qu'elles envient. Elles sont prêtes à lui nuire pour arriver à leurs fins.

➡ *Vont-elles triompher de la Belle ?*

Lire

Madame Leprince de Beaumont

La Belle et la Bête

1757

texte intégral

Il y avait une fois un marchand qui était extrêmement riche. Il avait six enfants, trois garçons et trois filles, et, comme ce marchand était un homme d'esprit, il n'épargna rien pour l'éducation de ses enfants, et leur donna toutes sortes de maîtres.

Ses filles étaient très belles, mais la cadette surtout se faisait admirer[1], et on ne l'appelait, quand elle était petite, que la Belle Enfant; en sorte que le nom lui en resta, ce qui donna beaucoup de jalousie à ses sœurs. Cette cadette, qui était plus belle que ses sœurs, était aussi meilleure qu'elles. Les deux aînées avaient beaucoup d'orgueil[2], parce qu'elles étaient riches : elles faisaient les dames, et ne voulaient pas recevoir les visites des autres filles de marchands; il leur fallait des gens de qualité pour leur compagnie. Elles allaient tous les jours au bal, à la comédie[3], à la promenade, et se moquaient de leur cadette, qui employait la plus grande partie de son temps à lire de bons livres.

Comme on savait que ces filles étaient fort riches, plusieurs gros marchands les demandèrent en mariage; mais les deux aînées répondirent qu'elles ne se marieraient jamais, à moins qu'elles ne trouvassent un duc, ou tout au moins un comte. La Belle (car je vous ai dit que c'était le nom de la plus jeune), la Belle, dis-je, remercia bien honnêtement[4] ceux qui voulaient l'épouser; mais elle leur dit qu'elle était trop jeune, et qu'elle souhaitait tenir compagnie à son père pendant quelques années.

Tout d'un coup, le marchand perdit son bien[5], et il ne lui resta qu'une maison de campagne, bien loin

La situation initiale

Elle présente les personnages et le cadre de l'histoire. Dans un conte, l'époque et le lieu sont imprécis.

1. On regardait surtout la cadette.
2. Débordaient de fierté.
3. Au théâtre.
4. Poliment.
5. Son argent.

de la ville. Il dit en pleurant à ses enfants qu'il fallait aller demeurer dans cette maison, et qu'en travaillant comme des paysans ils y pourraient vivre. Ses deux filles aînées répondirent qu'elles ne voulaient pas quitter la ville, et qu'elles avaient plusieurs amants qui seraient trop heureux de les épouser, quoiqu'elles n'eussent plus de fortune. Les bonnes demoiselles se trompaient : leurs amants ne voulurent plus les regarder quand elles furent pauvres. Comme personne ne les aimait, à cause de leur fierté, on disait :

« Elles ne méritent pas qu'on les plaigne; nous sommes bien aises[1] de voir leur orgueil abaissé; qu'elles aillent faire les dames en gardant les moutons. » Mais, en même temps, tout le monde disait : « Pour la Belle, nous sommes bien fâchés de son malheur; c'est une si bonne fille! elle parlait aux pauvres gens avec tant de bonté! elle était si douce, si honnête! »

Il y eut même plusieurs gentilshommes qui voulurent l'épouser, quoiqu'elle n'eût pas un sou, mais elle leur dit qu'elle ne pouvait se résoudre à abandonner son pauvre père dans son malheur et qu'elle le suivrait à la campagne pour le consoler et l'aider à travailler. La pauvre Belle avait été bien affligée[2] d'abord de perdre sa fortune, mais elle s'était dit à elle-même : « Quand je pleurerais[3] bien fort, cela ne me rendra pas mon bien; il faut tâcher d'être heureuse sans fortune. »

Quand ils furent arrivés à leur maison de campagne, le marchand et ses trois fils s'occupèrent à labourer la terre. La Belle se levait à quatre heures du matin, et se dépêchait de nettoyer la maison, et d'apprêter[4] à dîner

La modification

C'est un événement qui vient changer profondément la situation initiale.

1. Bien contents.
2. Triste.
3. Si je pleurais.
4. De préparer.

pour la famille. Elle eut d'abord beaucoup de peine, car elle n'était pas accoutumée[5] à travailler comme une servante ; mais, au bout de deux mois, elle devint plus forte, et la fatigue lui donna une santé parfaite. Quand elle avait fait son ouvrage[6], elle lisait, elle jouait du clavecin, ou bien elle chantait en filant[7].

Ses deux sœurs, au contraire, s'ennuyaient à la mort ; elles se levaient à dix heures du matin, se promenaient toute la journée et s'amusaient à regretter leurs beaux habits et les compagnies[8].

« Voyez notre cadette, disaient-elles entre elles ; elle a l'âme basse[9], et si stupide, qu'elle est contente de sa malheureuse situation. »

Le bon marchand ne pensait pas comme ses filles. Il savait que la Belle était plus propre[10] que ses sœurs à briller dans les compagnies[11]. Il admirait la vertu[12] de cette jeune fille, et surtout sa patience ; car les sœurs, non contentes de lui laisser faire tout l'ouvrage de la maison, l'insultaient à tout moment.

Il y avait un an que cette famille vivait dans la solitude, lorsque le marchand reçut une lettre par laquelle on lui marquait[13] qu'un vaisseau, sur lequel il avait des marchandises, venait heureusement d'arriver. Cette nouvelle pensa[14] tourner la tête à ses deux aînées, qui pensaient qu'à la fin elles pourraient quitter cette campagne, où elles s'ennuyaient tant ; et quand elles virent leur père prêt à partir, elles le prièrent de leur apporter des robes, des palatines[15], des coiffures[16] et toutes sortes de bagatelles[17]. La Belle ne lui demandait rien ; car elle pensait en elle-même que tout l'argent des marchan-

5. Habituée.
6. Travail.
7. En transformant de la laine brute en fil.
8. Leurs amis.
9. Esprit vulgaire.
10. Apte.
11. En société.
12. Les qualités.
13. Annonçait.
14. Faillit faire.
15. Des fourrures.
16. Chapeaux ou ornements pour la tête.
17. D'accessoires.

dises ne suffirait pas pour acheter ce que ses sœurs souhaitaient.

« Tu ne me pries pas de t'acheter quelque chose ? lui dit son père.

– Puisque vous avez la bonté de penser à moi, lui dit-elle, je vous prie de m'apporter une rose, car il n'en vient point[1] ici. »

Ce n'est pas que la Belle se souciât d'une rose : mais elle ne voulait pas condamner par son exemple la conduite de ses sœurs, qui auraient dit que c'était pour se distinguer qu'elle ne demandait rien. Le bonhomme partit ; mais, quand il fut arrivé, on lui fit un procès pour ses marchandises ; et après avoir eu beaucoup de peine, il revint aussi pauvre qu'il était auparavant. Il n'avait plus que trente milles pour arriver à sa maison, et il se réjouissait déjà du plaisir de voir ses enfants ; mais, comme il fallait passer un grand bois avant de trouver sa maison, il se perdit. Il neigeait horriblement ; le vent était si grand qu'il le jeta deux fois en bas de son cheval ; la nuit étant venue, il pensa qu'il mourrait de faim ou de froid, ou qu'il serait mangé des loups, qu'il entendait hurler autour de lui. Tout d'un coup, en regardant au bout d'une longue allée d'arbres, il vit une grande lumière, mais qui paraissait bien éloignée. Il marcha de ce côté-là, et vit que cette lumière sortait d'un grand palais qui était tout illuminé.

Le marchand remercia Dieu du secours[2] qu'il lui envoyait, et se hâta d'arriver à ce château ; mais il fut bien surpris de ne trouver personne dans les cours. Son cheval, qui le suivait, voyant une grande écurie

Le mille

Unité de mesure des distances qui vaut mille pas, soit 1 482 mètres. Il reste donc au père 45 kilomètres à parcourir pour rejoindre les siens ! Dans le domaine de la navigation maritime ou aérienne, on utilise également le terme de *mille* qui équivaut à 1 852 mètres.

1. On n'en trouve pas.
2. De l'aide.

ouverte, entra dedans, et ayant trouvé du foin et de l'avoine, le pauvre animal, qui mourait de faim, se jeta dessus avec beaucoup d'avidité[3].

Le marchand l'attacha dans l'écurie, et marcha vers la maison, où il ne trouva personne ; mais, étant entré dans une grande salle, il y trouva un bon feu, et une table chargée de viande, où il n'y avait qu'un couvert. Comme la pluie et la neige l'avaient mouillé jusqu'aux os, il s'approcha du feu pour se sécher, et disait en lui-même : « Le maître de la maison, ou ses domestiques me pardonneront la liberté que j'ai prise, et sans doute ils viendront bientôt. » Il attendit pendant un temps considérable ; mais onze heures ayant sonné sans qu'il vît personne, il ne put résister à la faim, et prit un poulet, qu'il mangea en deux bouchées et en tremblant. Il but aussi quelques coups de vin, et, devenu plus hardi[4], il sortit de la salle, et traversa plusieurs grands appartements, magnifiquement meublés. À la fin, il trouva une chambre où il y avait un bon lit, et, comme il était minuit passé et qu'il était las[5], il prit le parti[6] de fermer la porte et de se coucher.

Il était dix heures du matin, quand il se leva le lendemain, et il fut bien surpris de trouver un habit fort propre à la place du sien, qui était tout gâté[7]. « Assurément, dit-il en lui-même, ce palais appartient à quelque bonne fée, qui a eu pitié de ma situation. »

Il regarda par la fenêtre, et ne vit plus de neige, mais des berceaux de fleurs qui enchantaient la vue. Il rentra dans la grande salle où il avait soupé la veille, et vit une petite table où il y avait du chocolat.

3. Grand appétit.
4. Courageux.
5. Épuisé.
6. Décida.
7. Usé.

« Je vous remercie, madame la Fée, dit-il tout haut, d'avoir eu la bonté de penser à mon déjeuner. »

Le bonhomme, après avoir pris son chocolat, sortit pour aller chercher son cheval, et, comme il passait sous un berceau de roses, il se souvint que la Belle lui en avait demandé une et cueillit une branche où il y en avait plusieurs. En même temps, il entendit un grand bruit, et vit venir à lui une bête si horrible, qu'il fut tout prêt de s'évanouir.

« Vous êtes bien ingrat, lui dit la bête, d'une voix terrible; je vous ai sauvé la vie en vous recevant dans mon château, et, pour ma peine, vous me volez mes roses, que j'aime mieux que toutes choses au monde! il faut mourir pour réparer cette faute; je ne vous donne qu'un quart d'heure pour demander pardon à Dieu. »

Le marchand se jeta à genoux, et dit à la Bête, en joignant les mains :

« Monseigneur, pardonnez-moi, je ne croyais pas vous offenser[1] en cueillant une rose pour une de mes filles qui m'en avait demandé.

– Je ne m'appelle point monseigneur, répondit le monstre, mais la Bête. Je n'aime pas les compliments, moi, je veux qu'on dise ce que l'on pense : ainsi, ne croyez pas me toucher par vos flatteries. Mais vous m'avez dit que vous aviez des filles; je veux bien vous pardonner, à condition qu'une de vos filles vienne volontairement pour mourir à votre place. Ne me raisonnez pas[2]; partez; si vos filles refusent de mourir pour vous, jurez que vous reviendrez dans trois mois. »

1. Déplaire.
2. Ne discutez pas.

Le bonhomme n'avait pas dessein[3] de sacrifier une de ses filles à ce vilain monstre; mais il pensa : « Au moins, j'aurai le plaisir de les embrasser encore une fois. » Il jura donc de revenir, et la Bête lui dit qu'il pouvait partir quand il voudrait. « Mais, ajouta-t-elle, je ne veux pas que tu t'en ailles les mains vides. Retourne dans la chambre où tu as couché : tu y trouveras un grand coffre vide; tu peux y mettre tout ce qu'il te plaira, je le ferai porter chez toi. »

En même temps la Bête se retira; et le bonhomme dit en lui-même : « S'il faut que je meure, j'aurai la consolation de laisser du pain[4] à mes pauvres enfants. »

Il retourna dans la chambre où il avait couché, et, y ayant trouvé une grande quantité de pièces d'or, il remplit le grand coffre dont la Bête lui avait parlé, le ferma, et, ayant repris son cheval qu'il retrouva dans l'écurie, il sortit de ce palais avec une tristesse égale à la joie qu'il avait lorsqu'il y était entré. Son cheval prit de lui-même une des routes de la forêt, et en peu d'heures le bonhomme arriva dans sa petite maison. Ses enfants se rassemblèrent autour de lui; mais, au lieu d'être sensible à leurs caresses[5], le marchand se mit à pleurer en les regardant. Il tenait à la main la branche de roses, qu'il apportait à la Belle. Il la lui donna, et lui dit :

« La Belle, prenez ces roses, elles coûteront bien cher à votre malheureux père. » Et tout de suite il raconta à sa famille la funeste[6] aventure qui lui était arrivée. À ce récit, ses deux aînées jetèrent de grands cris et dirent des injures à la Belle, qui ne pleurait point.

3. Le projet.
4. Des richesses.
5. Gestes affectueux.
6. Malheureuse.

« Voyez ce que produit l'orgueil de cette petite créature, disaient-elles ; que ne demandait-elle des ajustements[1] comme nous ? Mais non, mademoiselle voulait se distinguer. Elle va causer la mort de notre père, et elle ne pleure pas !

– Cela serait fort inutile, reprit la Belle ; pourquoi pleurerais-je la mort de mon père ? Il ne périra point. Puisque le monstre veut bien accepter une de ses filles, je veux me livrer à toute sa furie[2], et je me trouve fort heureuse, puisqu'en mourant j'aurai la joie de sauver mon père et de lui prouver ma tendresse.

– Non, ma sœur, lui dirent ses trois frères, vous ne mourrez pas ; nous irons trouver ce monstre, et nous périrons[3] sous ses coups si nous ne pouvons le tuer.

– Ne l'espérez pas, mes enfants, leur dit le marchand, la puissance de cette Bête est si grande qu'il ne me reste aucune espérance de la faire périr. Je suis charmé du bon cœur de la Belle ; mais je ne veux pas l'exposer à la mort. Je suis vieux, il ne me reste que peu de temps à vivre, ainsi, je ne perdrai que quelques années de vie, que je ne regrette qu'à cause de vous, mes chers enfants.

– Je vous assure, mon père, dit la Belle, que vous n'irez pas à ce palais sans moi ; vous ne pouvez m'empêcher de vous suivre. Quoique je sois jeune, je ne suis pas fort attachée à la vie, et j'aime mieux être dévorée par ce monstre que de mourir du chagrin que me donnerait votre perte. »

On eut beau dire[4], la Belle voulut absolument partir pour le beau palais, et ses sœurs en étaient charmées[5],

1. Pourquoi n'a-t-elle pas demandé des robes ?
2. Puissante colère.
3. Mourrons.
4. Tenter de la raisonner.
5. Très contentes.

parce que les vertus de cette cadette leur avaient inspiré beaucoup de jalousie. Le marchand était si occupé de la douleur de perdre sa fille, qu'il ne pensait pas au coffre qu'il avait rempli d'or; mais, aussitôt qu'il se fut renfermé dans sa chambre pour se coucher, il fut bien étonné de le trouver à la ruelle de son lit[6].

Il résolut de ne point dire à ses enfants qu'il était devenu riche, parce que ses filles auraient voulu retourner à la ville, et qu'il était résolu de mourir dans cette campagne; mais il confia ce secret à la Belle, qui lui apprit qu'il était venu quelques gentilshommes pendant son absence, et qu'il y en avait deux qui aimaient ses sœurs. Elle pria son père de les marier; car elle était si bonne qu'elle les aimait et leur pardonnait de tout son cœur le mal qu'elles lui avaient fait.

Ces deux méchantes filles se frottèrent les yeux avec un oignon pour pleurer lorsque la Belle partit avec son père; mais ses frères pleuraient tout de bon, aussi bien que le marchand : il n'y avait que la Belle qui ne pleurait point, parce qu'elle ne voulait pas augmenter leur douleur.

Page suivante :
La Belle et le père, gravure de Walter Crane, 1901.

6. À côté de son lit.

Pause lecture 1

Première partie

Une famille dans le malheur

La situation initiale l. 1 à 79

Avez-vous bien lu ?

Les sœurs aînées s'ennuient, car :

- ❑ elles n'ont rien à faire.
- ❑ elles ne veulent pas travailler.
- ❑ elles ne savent pas travailler.

Les méchantes sœurs

1 Pourquoi les sœurs aînées ne veulent-elles pas se marier ? Cependant, quel événement précipite la famille dans un premier malheur ?

2 Elles finissent par s'installer à la campagne. Expliquez pourquoi. Comment réagissent-elles alors ?

3 Quels sentiments éprouvent-elles pour la Belle ?

« La Belle Enfant »

4 Pourquoi la Belle ne veut-elle pas se marier ?

5 Montrez qu'elle s'adapte à sa nouvelle vie. Que pensent ses sœurs de son attitude ?

6 Le marchand porte-t-il le même regard sur toutes ses filles ?

Le retournement de situation l. 80 à 191

Avez-vous bien lu ?

Pourquoi le marchand va-t-il à la ville ?

❏ Il a retrouvé sa fortune.

❏ Il a l'espoir de retrouver sa fortune.

Avant le départ du père

1 Quels cadeaux les sœurs aînées demandent-elles à leur père ? Et la Belle ? Quels traits de caractère révèlent ces choix ?

L'irruption du merveilleux

2 Relevez les éléments mystérieux qui attendent le marchand à son arrivée au château.

3 À son réveil, trois éléments prouvent au marchand qu'il évolue dans un univers merveilleux. Lesquels ?

4 Le marchand est-il surpris par ces manifestations du merveilleux ?

L'apparition de la Bête

5 Pourquoi la Bête apparaît-elle ? Sur quel ton parle-t-elle au père ?

6 Quel marché la Bête propose-t-elle ? Que décide le père ?

Une décision à prendre l. 192 à 256

Avez-vous bien lu ?

La Belle ne pleure pas, car elle a décidé :

❏ de sauver son père.

❏ de s'enfuir avec lui.

❏ de tuer la Bête.

Des réactions différentes

1 Quelle est la première réaction des sœurs au récit de leur père ? Que reprochent-elles à la Belle ?

2 Qui défend la Belle ? Cette aide pourra-t-elle servir ? Pourquoi ?

3 Que propose la Belle ? Pour quelle raison ?

Des sentiments opposés

4 Comment réagissent les sœurs au départ de la Belle ? Sont-elles sincères ? Expliquez.

5 Quels sentiments animent la Belle à l'égard de ses sœurs ?

6 La Belle verse-t-elle des larmes lorsqu'elle part au château ? Pourquoi ?

Vers l'expression

Vocabulaire

1. a. Trouvez l'intrus dans chacune des séries suivantes.
Jalousie – convoitise – égoïsme – envie.
Paresse – arrogance – orgueil – prétention.

b. Quels personnages du conte illustrent ces défauts ?

2. a. Trouvez les noms communs qui correspondent aux adjectifs suivants.
Poli – bon – courageux – beau – intelligent – aimable.

b. Quelles sont les qualités de la Belle ?

À vous de jouer

Écrivez une nouvelle aventure

Sur le chemin du retour, le cheval du malheureux marchand se cabre. Un animal qui parle bloque le chemin. Va-t-il aider le marchand ou au contraire l'empêcher d'arriver ?

Jouez une scène

Désespérées par leur vie misérable, les sœurs de la Belle quittent la campagne et reviennent à la ville. Comment vont réagir ceux qui étaient leurs amis lorsqu'elles étaient riches ?

Du texte à l'image

Observez la gravure → voir p. 22

La Bête et le père, Walter Crane, 1901.

1 Quelle scène cette gravure illustre-t-elle ?

2 À quoi ressemble la Bête ? Pourquoi avoir ainsi représenté la Bête au XVIIIe siècle ?

Observez la photographie → voir dossier images p. I

Jean Marais et Josette Day
dans *La Belle et la Bête* de Jean Cocteau, 1946.

3 Que représente ce document ?

4 Dans quelle direction regarde chacun des personnages ? Pourquoi, selon vous ?

5 En quoi l'apparence de la Bête est-elle monstrueuse ?

6 En étudiant l'ombre et la lumière, expliquez l'atmosphère qui se dégage de cette photographie.

Le merveilleux

Dans un conte, on trouve toujours des objets ou des personnages (miroir magique, sorcière, fée...) qui ont des pouvoirs surnaturels. Tous ces éléments appartiennent à un univers merveilleux.

LE CHEVAL PRIT LA ROUTE DU PALAIS, et, sur le soir, ils l'aperçurent illuminé comme la première fois. Le cheval fut tout seul à l'écurie, et le bonhomme entra avec sa fille dans la grande salle, où ils trouvèrent une table magnifiquement servie, avec deux couverts. Le marchand n'avait pas le cœur de manger ; mais, la Belle, s'efforçant de paraître tranquille, se mit à table et le servit ; puis elle se dit en elle-même : « La Bête veut m'engraisser avant de me manger, puisqu'elle me fait si bonne chère[1]. »

Quand ils eurent soupé, ils entendirent un grand bruit, et le marchand dit adieu à sa pauvre fille en pleurant, car il pensait que c'était la Bête. La Belle ne put s'empêcher de frémir en voyant cette horrible figure ; mais elle se rassura de son mieux et, le monstre lui ayant demandé si c'était de bon cœur qu'elle était venue, elle lui dit en tremblant que oui.

« Vous êtes bien bonne, dit la Bête, et je vous suis bien obligé[2]. Bonhomme, partez demain matin, et ne vous avisez jamais de revenir ici. Adieu, la Belle !

– Adieu, la Bête » répondit-elle. Et tout de suite le monstre se retira.

« Ah, ma fille ! dit le marchand, en embrassant la Belle, je suis à demi mort de frayeur. Croyez-moi, laissez-moi ici.

– Non, mon père, lui dit la Belle avec fermeté, vous partirez demain matin, et vous m'abandonnerez au secours du ciel[3] ; peut-être aura-t-il pitié de moi. »

Ils furent[4] se coucher, et croyaient ne pas dormir de toute la nuit ; mais, à peine furent-ils dans leurs lits que

1. Puisqu'elle m'offre un repas très copieux.
2. Reconnaissant.
3. Vous me laisserez entre les mains de Dieu.
4. Allèrent.

leurs yeux se fermèrent. Pendant son sommeil, la Belle vit une dame qui lui dit :

« Je suis contente de votre bon cœur, la Belle; la bonne action que vous faites en donnant votre vie pour sauver celle de votre père ne demeurera point sans récompense. »

La Belle, en s'éveillant, raconta ce songe à son père; quoiqu'il le consolât un peu, cela ne l'empêcha pas de jeter de grands cris quand il fallut se séparer de sa chère fille.

Lorsqu'il fut parti, la Belle s'assit dans la grande salle et se mit à pleurer aussi, mais comme elle avait beaucoup de courage, elle se recommanda à Dieu, et résolut de ne point se chagriner pour le peu de temps qu'elle avait à vivre, car elle croyait fermement que la Bête la mangerait le soir. Elle résolut de se promener en attendant et de visiter ce beau château. Elle ne pouvait s'empêcher d'en admirer la beauté. Mais elle fut bien surprise de trouver une porte sur laquelle il y avait écrit : « Appartement de la Belle. » Elle ouvrit cette porte avec précipitation et fut éblouie de la magnificence[5] qui y régnait; mais ce qui frappa le plus sa vue, ce fut une grande bibliothèque, un clavecin, et plusieurs livres de musique.

« On ne veut pas que je m'ennuie » dit-elle, tout bas; elle pensa ensuite : « Si je n'avais qu'un jour à demeurer ici, on ne m'aurait pas fait une telle provision. »

Cette pensée ranima son courage. Elle ouvrit la bibliothèque et vit un livre, où il y avait écrit en lettres d'or : *Souhaitez, commandez : vous êtes ici la reine et la maîtresse.*

5. Richesse extraordinaire.

« Hélas ! dit-elle en soupirant, je ne souhaite rien que de voir mon pauvre père et de savoir ce qu'il fait à présent. » Elle avait dit cela en elle-même. Quelle fut sa surprise, en jetant les yeux sur un grand miroir, d'y voir sa maison, où son père arrivait avec un visage extrêmement triste. Ses sœurs venaient au-devant de lui et, malgré les grimaces qu'elles faisaient pour paraître affligées, la joie qu'elles avaient de la perte de leur sœur paraissait sur leur visage. Un moment après, tout cela disparut, et la Belle ne put s'empêcher de penser que la Bête était bien complaisante[1], et qu'elle n'avait rien à craindre d'elle.

À midi, elle trouva la table mise, et pendant son dîner elle entendit un excellent concert, quoiqu'elle ne vît personne. Le soir, comme[2] elle allait se mettre à table, elle entendit le bruit que faisait la Bête et ne put s'empêcher de frémir.

« La Belle, lui dit ce monstre, voulez-vous bien que je vous voie souper ?

– Vous êtes le maître, répondit la Belle en tremblant.

– Non, répondit la Bête, il n'y a ici de maîtresse que vous[3]. Vous n'avez qu'à me dire de m'en aller, si je vous ennuie ; je sortirai tout de suite. Dites-moi, n'est-ce pas que vous me trouvez bien laid ?

– Cela est vrai, dit la Belle, car je ne sais pas mentir ; mais je crois que vous êtes fort bon.

– Vous avez raison, dit le monstre ; mais, outre que je suis laid, je n'ai point d'esprit : je sais bien que je ne suis qu'une bête.

– On n'est pas bête, reprit la Belle, quand on croit n'avoir point d'esprit : un sot n'a jamais su cela.

Le souper

Jusqu'au XIXe siècle et encore aujourd'hui dans certaines régions, le repas du soir s'appelle le souper car il est souvent composé de soupe.

1. Gentille.
2. Alors que.
3. Vous êtes la seule maîtresse en ce lieu.

– Mangez donc, la Belle, lui dit le monstre, et tâchez de ne vous point ennuyer dans votre maison ; car tout ceci est à vous, et j'aurais du chagrin si vous n'étiez pas contente.

– Vous avez bien de la bonté, dit la Belle. Je vous avoue que je suis bien contente de votre cœur ; quand j'y pense, vous ne me paraissez plus si laid.

– Oh ! dame, oui, répondit la Bête, j'ai le cœur bon, mais je suis un monstre.

– Il y a bien des hommes qui sont plus monstres que vous, dit la Belle, et je vous aime mieux avec votre figure, que ceux qui, avec la figure d'homme, cachent un cœur faux, corrompu, ingrat.

– Si j'avais de l'esprit, dit la Bête, je vous ferais un grand compliment pour vous remercier ; mais je suis stupide, et tout ce que je puis vous dire c'est que je vous suis bien obligé[4]. »

La Belle soupa de bon appétit. Elle n'avait presque plus peur du monstre ; mais elle manqua[5] mourir de frayeur, lorsqu'il lui dit :

« La Belle, voulez-vous être ma femme ? »

Elle fut quelque temps sans répondre ; elle avait peur d'exciter la colère du monstre en le refusant. Elle lui dit pourtant en tremblant :

« Non, la Bête. »

Dans le moment ce pauvre monstre voulut soupirer, et il fit un sifflement si épouvantable que tout le palais en retentit ; mais la Belle fut bientôt rassurée, car la Bête, lui ayant dit tristement : « Adieu donc, la Belle », sortit de la chambre, en se retournant de temps en temps

4. Très reconnaissant.
5. Faillit.

pour la regarder encore. La Belle, se voyant seule, sentit une grande compassion[1] pour cette pauvre Bête :

« Hélas ! disait-elle, c'est bien dommage qu'elle soit si laide, elle est si bonne ! »

La Belle passa trois mois dans ce palais avec assez de tranquillité. Tous les soirs, la Bête lui rendait visite, l'entretenait[2] pendant le souper avec assez de bon sens, mais jamais avec ce qu'on appelle esprit dans le monde. Chaque jour, la Belle découvrait de nouvelles bontés dans ce monstre. L'habitude de le voir l'avait accoutumée à sa laideur ; loin de craindre le moment de sa visite, elle regardait souvent à sa montre pour voir s'il était bientôt neuf heures, car la Bête ne manquait jamais de venir à cette heure-là. Il n'y avait qu'une chose qui faisait de la peine à la Belle : c'est que le monstre, avant de se coucher, lui demandait toujours si elle voulait être sa femme, et paraissait pénétré de douleur lorsqu'elle lui disait que non. Elle lui dit un jour :

« Vous me chagrinez, la Bête ; je voudrais pouvoir vous épouser, mais je suis trop sincère pour vous faire croire que cela arrivera jamais. Je serai toujours votre amie, tâchez de vous contenter de cela.

– Il le faut bien, reprit la Bête ; je me rends justice. Je sais que je suis bien horrible, mais je vous aime beaucoup ; cependant je suis trop heureux de ce que vous vouliez bien rester ici ; promettez-moi que vous ne me quitterez jamais. »

La Belle rougit à ces paroles. Elle avait vu dans son miroir que son père était malade de chagrin de l'avoir perdue, et elle souhaitait le revoir.

1. Éprouva une grande pitié.
2. Discutait avec elle.

« Je pourrais bien vous promettre, dit-elle à la Bête, de ne jamais vous quitter tout à fait ; mais j'ai tant d'envie de revoir mon père que je mourrai de douleur si vous me refusez ce plaisir.

– J'aime mieux mourir moi-même, dit le monstre, que de vous donner du chagrin. Je vous enverrai chez votre père ; vous y resterez, et votre pauvre Bête en mourra de douleur.

– Non, dit la Belle en pleurant, je vous aime trop pour vouloir causer votre mort. Je vous promets de revenir dans huit jours. Vous m'avez fait voir que mes sœurs sont mariées et que mes frères sont partis pour l'armée. Mon père est tout seul ; souffrez[3] que je reste chez lui une semaine.

– Vous y serez demain au matin, dit la Bête ; mais souvenez-vous de votre promesse. Vous n'aurez qu'à mettre votre bague sur une table en vous couchant, quand vous voudrez revenir. Adieu, la Belle. »

La Bête soupira, selon sa coutume, en disant ces mots, et la Belle se coucha toute triste de l'avoir affligée.

3. Acceptez.

Pause lecture 2

Deuxième partie

L'amour de la Bête

Un château merveilleux

Avez-vous bien lu ?

La dame qui parle à la Belle pendant son sommeil est :

❑ une sorcière.

❑ une personne réelle.

❑ une fée.

Retour au château

1 Le comportement du cheval est-il ordinaire ? Qu'est-ce que cela peut signifier ou annoncer ?

Des objets magiques

2 Pourquoi l'héroïne est-elle surprise quand elle lit : « Appartement de la Belle » ?

3 Un livre attire son attention. Qu'a-t-il de merveilleux ?

4 À quoi sert d'habitude un miroir ? Dans le château de la Bête, que permet-il ?

Un être surnaturel

5 Une dame intervient dans le rêve de la Belle. Quel est son rôle ? Qu'annonce-t-elle ?

6 Citez trois autres contes où ce personnage traditionnel est présent. Pour chacun de ces contes, expliquez rapidement son rôle.

En tête-à-tête avec la Bête

Avez-vous bien lu ?

Le sifflement de la Bête est un signe :

❏ de colère.
❏ de moquerie.
❏ de douleur.

Les soupers

1 Racontez le déroulement du premier jour au château.
À quel moment la Bête apparaît-elle ?
Le soir, comment la Belle s'explique-t-elle que le repas soit si bon ?

2 Les autres jours sont-ils différents ? Comment la Belle les vit-elle ?

Le comportement de la Bête

3 Relisez les premières paroles de la Bête. Emploie-t-elle le même ton pour s'adresser à chacun de ses hôtes ? Expliquez.

4 À quels moments la Bête pourrait-elle se mettre en colère ? Le fait-elle ?

Les sentiments de la Bête

5 Pendant le premier souper, quel portrait la Bête fait-elle d'elle-même ?
Quels sont, d'après elle, ses défauts et sa qualité ?

6 Pourquoi la Bête accepte-t-elle de laisser partir la Belle chez son père ?

Les sentiments de la Belle

Avez-vous bien lu ?

Pourquoi la Belle demande-t-elle à partir ?

- ❑ Parce qu'elle s'ennuie au château.
- ❑ Parce que son père est malheureux.
- ❑ Parce qu'elle veut aller au mariage de ses sœurs.

Le jugement de la Belle sur la Bête

1. La Belle approuve-t-elle totalement le portrait que fait la Bête d'elle-même, lors du premier souper ? Qu'ajoute-t-elle ?
2. Pour la Belle, qu'est-ce qui cache peu à peu la laideur de la Bête ?
3. Qui sont les vrais monstres, selon la Belle ? Les monstres dont elle parle sont-ils laids physiquement ? Quelle est la véritable laideur, selon elle ?

Des sentiments qui évoluent

4. À son arrivée au château, quels sentiments la Belle éprouve-t-elle ?
5. Dans quel état d'esprit est-elle à l'approche des soupers ?
6. Pourquoi la Belle pleure-t-elle à la fin ? Que promet-elle ?

Vers l'expression

Vocabulaire

1. **À l'aide d'un dictionnaire, retrouvez l'étymologie du mot *miroir*, puis formez à l'aide du radical et éventuellement de nouveaux préfixes et suffixes quatre mots de la même famille.**

2. **Retrouvez l'adjectif qui correspond à chacun des noms suivants puis employez chacun dans une phrase de votre création :**
Courtoisie – respect – pudeur – générosité – vertu – humilité.

3. **Classez les mots suivants par ordre croissant d'intensité.**
Colère – dépit – rage – fureur – agressivité.

À vous de jouer

Décrivez un lieu interdit

La Belle explore le château lorsqu'elle découvre un étrange escalier. Un panneau indique en lettres rouges : *Escalier interdit*. Imaginez que, poussée par la curiosité, elle décide de franchir cette limite. Racontez ce qu'elle découvre et ce qu'elle ressent.

Jouez une scène

Jouez le dialogue entre la Belle et la Bête pendant le premier dîner. Vous ferez très attention au ton qu'utilisent les personnages.

Du texte à l'image

Observez la photographie → voir dossier images p. II

Catherine Deneuve dans *Peau d'Âne* de Jacques Demy, 1970.

1. Cette photographie vient d'une adaptation cinématographique du conte *Peau d'Âne*. Que représente-t-elle ? Expliquez en quoi elle pourrait tout aussi bien être tirée de *La Belle et la bête* ?
2. Relevez les éléments qui permettent d'affirmer que nous sommes dans un conte merveilleux.
3. Toutes les parties de la photographie sont-elles éclairées de la même manière ? Expliquez.

Lisez une illustration → voir dossier images p. III

4. Quels sentiments le visage de chacun exprime-t-il ?
5. Un autre élément révèle le malaise de la Belle. Trouvez-le !
6. À quel moment du conte cette illustration renvoie-t-elle ?

Le Premier repas, Anne Anderson (1874-1940).

QUAND ELLE SE RÉVEILLA LE MATIN, elle se trouva dans la maison de son père ; et, ayant sonné une clochette qui était à côté de son lit, elle vit venir la servante, qui fit un grand cri en la voyant. Le bonhomme accourut à ce cri, et manqua de mourir de joie en revoyant sa chère fille, et ils se tinrent embrassés plus d'un quart d'heure. La Belle, après les premiers transports[1], pensa[2] qu'elle n'avait point d'habits pour se lever ; mais la servante lui dit qu'elle venait de trouver dans la chambre voisine un grand coffre plein de robes toutes d'or, garnies de diamants.

La Belle remercia la bonne Bête de ses attentions ; elle prit la moins riche de ces robes et dit à la servante de serrer[3] les autres, dont elle voulait faire présent[4] à ses sœurs ; mais à peine eut-elle prononcé ces paroles que le coffre disparut. Son père lui dit que la Bête voulait qu'elle gardât tout cela pour elle, et aussitôt les robes et le coffre revinrent à la même place. La Belle s'habilla, et, pendant ce temps, on fit[5] avertir ses sœurs, qui accoururent avec leurs maris.

Elles étaient toutes deux fort malheureuses. L'aînée avait épousé un gentilhomme beau comme l'Amour ; mais il était si amoureux de sa propre figure qu'il n'était occupé que de cela depuis le matin jusqu'au soir, et méprisait la beauté de sa femme. La seconde avait épousé un homme qui avait beaucoup d'esprit[6] ; mais il ne s'en servait que pour faire enrager tout le monde, et sa femme toute la première[7]. Les sœurs de la Belle manquèrent de mourir de douleur quand elles la virent habillée comme une princesse, et plus belle que

1. Réactions de joie.
2. Réalisa.
3. Ranger.
4. Cadeau.
5. Alla.
6. Intelligence.
7. À commencer par sa femme.

le jour. Elle eut beau les caresser[1], rien ne put étouffer leur jalousie, qui augmenta beaucoup quand elle eut conté combien elle était heureuse. Ces deux jalouses descendirent dans le jardin, pour y pleurer tout à leur aise, et elles se disaient : « Pourquoi cette petite créature est-elle plus heureuse que nous ? Ne sommes-nous pas plus aimables[2] qu'elle ?

– Ma sœur, dit l'aînée, il me vient une pensée : tâchons de l'arrêter ici plus de huit jours ; sa sotte Bête se mettra en colère de ce qu'elle lui aura manqué de parole, et peut-être qu'elle la dévorera.

– Vous avez raison, ma sœur, répondit l'autre. Pour cela, il lui faut faire de grandes caresses. »

Et, ayant pris cette résolution, elles remontèrent et firent tant d'amitiés à leur sœur, que la Belle en pleura de joie. Quand les huit jours furent passés, les deux sœurs s'arrachèrent les cheveux et firent tant les affligées de son départ, qu'elle promit de rester encore huit jours.

Cependant la Belle se reprochait le chagrin qu'elle allait donner à sa pauvre Bête, qu'elle aimait de tout son cœur, et elle s'ennuyait de ne la plus voir. La dixième nuit qu'elle passa chez son père, elle rêva qu'elle était dans le jardin du palais, et qu'elle voyait la Bête, couchée sur l'herbe, et prête à mourir, qui lui reprochait son ingratitude. La Belle se réveilla en sursaut, et versa des larmes.

« Ne suis-je pas bien méchante, dit-elle, de donner du chagrin à une bête qui a pour moi tant de complaisance[3] ? Est-ce sa faute si elle est si laide et si elle a

1. Leur montrer de l'affection.
2. Dignes d'être aimées.
3. Qui fait tout pour me rendre heureuse.

peu d'esprit ? Elle est bonne, cela vaut mieux que tout le reste. Pourquoi n'ai-je pas voulu l'épouser ? Je serais plus heureuse avec elle que mes sœurs avec leurs maris. Ce n'est ni la beauté ni l'esprit d'un mari qui rendent une femme contente : c'est la bonté du caractère, la vertu, la complaisance ; et la Bête a toutes ces bonnes qualités. Je n'ai point d'amour pour elle, mais j'ai de l'estime, de l'amitié, et de la reconnaissance. Allons, il ne faut pas la rendre malheureuse ; je me reprocherais toute ma vie mon ingratitude. »

À ces mots, la Belle se lève, met sa bague sur la table et revient se coucher. À peine fut-elle dans son lit, qu'elle s'endormit, et, quand elle se réveilla le matin, elle vit avec joie qu'elle était dans le palais de la Bête.

Elle s'habilla magnifiquement pour lui plaire, et s'ennuya à mourir toute la journée, en attendant neuf heures du soir ; mais l'horloge eut beau sonner, la Bête ne parut point. La Belle, alors, craignit d'avoir causé sa mort. Elle courut tout le palais en jetant de grands cris ; elle était au désespoir. Après avoir cherché partout, elle se souvint de son rêve, et courut dans le jardin vers le canal où elle l'avait vue en dormant.

Elle trouva la pauvre Bête étendue sans connaissance, et crut qu'elle était morte. Elle se jeta sur son corps, sans avoir horreur de sa figure ; et sentant que son cœur battait encore, elle prit de l'eau dans le canal et lui en jeta sur la tête. La Bête ouvrit les yeux et dit à la Belle :

« Vous avez oublié votre promesse ; le chagrin de vous avoir perdue m'a fait résoudre à me laisser mourir de faim ; mais je meurs content, puisque j'ai le plaisir de vous revoir encore une fois.

– Non, ma chère Bête, vous ne mourrez point, lui dit la Belle, vous vivrez pour devenir mon époux ; dès ce moment, je vous donne ma main, et je jure que je ne serai qu'à vous. Hélas ! je croyais n'avoir que de l'amitié pour vous, mais la douleur que je sens me fait voir que je ne pourrais vivre sans vous voir. »

À peine la Belle eut-elle prononcé ces paroles qu'elle vit le château brillant de lumières : les feux d'artifices, la musique, tout lui annonçait une fête mais toutes ces beautés n'arrêtèrent point sa vue ; elle se retourna vers sa chère Bête, dont le danger[1] la faisait frémir. Quelle fut sa surprise ! La Bête avait disparu, elle ne vit à ses pieds qu'un prince plus beau que l'Amour, qui la remerciait d'avoir fini son enchantement[2]. Quoique ce prince méritât son attention, elle ne put s'empêcher de lui demander où était la Bête.

« Vous la voyez à vos pieds, lui dit le prince. Une méchante fée m'avait condamné à rester sous cette figure jusqu'à ce qu'une belle fille consentît à m'épouser, et elle m'avait défendu de faire paraître mon esprit. Ainsi il n'y avait que vous dans le monde assez bonne pour vous laisser toucher à la bonté de mon caractère ; et, en vous offrant ma couronne, je ne puis que m'acquitter des obligations que je vous ai[3]. »

La Belle, agréablement surprise, donna la main à ce beau prince pour le relever. Ils allèrent ensemble au château, et la Belle manqua[4] mourir de joie en trouvant, dans la grande salle, son père et toute sa famille,

La résolution

C'est un événement qui permet à l'histoire de trouver une solution, souvent heureuse.

Ci-contre : *La Mort de la Bête*, gravure de Walter Crane, 1901.

1. L'état.
2. Envoûtement.
3. Je ne vous remercie pas encore assez.
4. Faillit.

que la belle dame qui lui était apparue en songe avait transportés au château.

« Belle, lui dit cette dame, qui était une grande fée, venez recevoir la récompense de votre bon choix : vous avez préféré la vertu[5] à la beauté et à l'esprit ; vous méritez de trouver toutes ces qualités réunies en une même personne. Vous allez devenir une grande reine : j'espère que le trône ne détruira pas vos vertus. Pour vous, mesdemoiselles, dit la fée aux deux sœurs de Belle, je connais votre cœur et toute la malice[6] qu'il renferme. Devenez deux statues ; mais conservez toute votre raison sous la pierre qui vous enveloppera. Vous demeurerez à la porte du palais de votre sœur et je ne vous impose point d'autre peine, que d'être témoins de son bonheur. Vous ne pourrez revenir dans votre premier état qu'au moment où vous reconnaîtrez vos fautes ; mais j'ai bien peur que vous ne restiez toujours statues. On se corrige de l'orgueil, de la colère, de la gourmandise et de la paresse ; mais c'est une espèce de miracle que la conversion[7] d'un cœur méchant et envieux. »

Dans le moment, la fée donna un coup de baguette qui transporta tous ceux qui étaient dans cette salle dans le royaume du prince. Ses sujets le revirent avec joie ; et il épousa la Belle, qui vécut avec lui fort longtemps et dans un bonheur parfait, parce qu'il était fondé sur la vertu.

La situation finale

Elle présente le retour à une situation d'équilibre. Il s'agit souvent d'un mariage : « Ils vécurent heureux et eurent beaucoup d'enfants » sont souvent les derniers mots d'un conte. Les méchants sont punis et les bons triomphent.

5. Les qualités de cœur.
6. Méchanceté.
7. Le changement.

Pause lecture 3

Troisième partie

Le triomphe du cœur

Le destin des sœurs aînées

Avez-vous bien lu ?

Les sœurs aînées souhaitent retarder le départ de la Belle car :

- ❑ elles trouvent son séjour trop court.
- ❑ elles veulent faire mourir la Bête.
- ❑ elles veulent faire enrager la Bête.

La punition des sœurs aînées

1 Les sœurs de la Belle sont-elles heureuses en mariage ? Pourquoi ?

2 Expliquez la décision des sœurs aînées de retenir la Belle huit jours supplémentaires.

3 Que deviennent-elles à la fin du conte ?
À quelle condition retrouveront-elles leur apparence humaine ?

Une punition méritée ?

4 Pourquoi la Belle est-elle restée huit jours de plus chez son père ?
À qui veut-elle faire plaisir en agissant ainsi ? Pourquoi est-ce une erreur ?

5 Relevez tous les défauts que la fée reproche aux sœurs de la Belle.

6 Quels sont, selon la fée, les défauts les plus importants ?

La mort de la Bête

Avez-vous bien lu ?

Pourquoi la Bête est-elle mourante ?

❏ Elle s'est empoisonnée.

❏ Elle a été blessée.

❏ Elle se laisse mourir.

La décision de la Belle

1 Que voit la Belle en rêve ? Dans la première partie des réflexions qu'elle fait en se réveillant (l. 55 à 67), quel type de phrases domine ? Et dans la seconde partie ? Pourquoi ?

2 Que comprend-elle à ce moment-là ? Quels sont exactement ses sentiments ?

Le retour au château

3 Une fois revenue au château, que fait la Belle pendant la première journée ? Qu'éprouve-t-elle ? Pourquoi est-elle désespérée à neuf heures du soir ?

4 Comment trouve-t-elle l'endroit où se trouve la Bête ? De quoi exactement meurt cette dernière ?

La naissance du prince

5 De quel « enchantement » la Bête était-elle victime ?

6 Quels phénomènes merveilleux accompagnent la mort de la Bête ?

La morale du conte

Avez-vous bien lu ?

Pour la Belle, le plus important est :

❑ la beauté.
❑ l'intelligence.
❑ la bonté.

L'évolution des personnages

1 Pour chacun des personnages, cochez la case qui convient à ses qualités au début du conte. Avec une couleur différente, faites le même travail en considérant la fin du conte.

	Beauté	Bonté	Intelligence
La Belle			
La Bête			
Les sœurs aînées			

2 Que remarquez-vous ?

Le bonheur de la Belle

3 Pourquoi la Belle est-elle récompensée à la fin du conte ?
Pourquoi ses sœurs sont-elles punies ?

4 Qu'est-ce qui fait la valeur d'une personne ?
Essayez de résumer la morale du conte en une phrase.

Vers l'expression

Vocabulaire

1. Cherchez les mots de la famille de *monstre* qui doivent compléter les phrases suivantes :

a. Affamée, la bête s'élançait dans la forêt pour chasser et dévorer des biches : c'était .... !

b. Les sœurs aînées retinrent la Belle avec de fausses larmes pour la piéger et la perdre : quelle .... !

c. La voix de la Bête est .... puissante puisqu'elle parvient à faire trembler les murs de son palais par ses hurlements.

2. Donnez la définition des mots suivants puis employez chacun d'eux dans une phrase de votre invention.

Philtre, prédiction, maléfice, métamorphose.

À vous de jouer

Écrivez un dialogue

Imaginez que vous vous trouviez à la porte du palais de la Belle et du Prince. Vous contemplez deux statues qui sont, en fait, les sœurs de la Belle, punies pour leur méchanceté. Vous engagez un dialogue avec elles.

Imaginez et racontez

Vous avez le pouvoir de changer votre vie et celle de ceux qui vous entourent. Que faites-vous ? Racontez votre nouvelle existence.

→ Du texte à l'image p. 27

La Belle et la Bête

Jean Marais et Josette Day,
Photo du film de Jean Cocteau,
1946.

→ Du texte à l'image p. 38

Peau d'Âne

Catherine Deneuve, Photo du film de Jacques Demy, 1970.

→ Du texte à l'image p. 38

Le Premier repas

Illustration de Anne Anderson (1874-1940) pour *La Belle et la Bête*.

→ Du texte à l'image p. 49

Peau d'Âne

Gravure de Gustave Doré (1852-1883) pour le conte de Charles Perrault.

Du texte à l'image

Observez la gravure ➜ voir dossier images p. IV

Gravure de Gustave Doré (1832-1883) pour *Peau d'Âne* de Perrault.

1 Cette gravure illustre le conte *Peau d'Âne*. Quel moment de *La Belle et la bête* pourrait-elle aussi représenter ? Où se trouve la Belle ? Que fait-elle ?

2 Quels peuvent être ses sentiments ?

3 Étudiez la lumière. Expliquez d'où elle vient et les éléments qu'elle met en valeur.

4 Observez la végétation. Pourquoi le dessinateur l'a-t-il ainsi représentée ? Que symbolise-t-elle ?

5 Quelle atmosphère se dégage de cette gravure ?

Questions sur…

La Belle et la Bête

1. La situation initiale

1 Le conte se déroule-t-il à une époque, dans un lieu précis ? Justifiez.

2 De combien de personnes la famille de la Belle se compose-t-elle ? Qui n'apparaît pas ? Tous les enfants jouent-ils un rôle important dans l'histoire ? Commentez.

2. L'action

3 Racontez un épisode du conte où les sœurs aînées essaient de nuire à la Belle.

4 Qui aide la Belle dans sa conquête du bonheur ? Donnez un exemple.

3. Le merveilleux

5 Citez trois éléments ou phénomènes merveilleux qui apparaissent dans le conte.

4. La morale

6 Recopiez les phrases suivantes en les complétant avec les adjectifs qui conviennent : *bon/méchant* ; *beau/laid* ; *intelligent/bête.*

– La Belle est . . . . , ... et . . . .

– Ses sœurs sont . . . . mais elles sont . . . .

– Au début du conte, la Bête est . . . . , mais . . . . et fait semblant d'être . . . . Elle devient . . . . et . . . .

7 Selon la fée, quelle est la qualité la plus importante de toutes ?

Après la lecture

Genre

Le conte merveilleux

Thème

Beauté et laideur

Le conte merveilleux

Dans un conte, les étapes du récit sont souvent les mêmes. Les actions se succèdent selon une structure appelée le schéma narratif.

◆ Le schéma narratif

Un conte traditionnel se déroule en cinq étapes.

Dans la **situation initiale**, on présente des personnages qui vivent dans un univers stable. Le héros se distingue par une qualité (beauté, intelligence...) ou un manque dont il souffre (argent, enfant...).

La **modification** est généralement annoncée par une expression comme « Un jour ». Elle vient troubler le quotidien des personnages et annonce des aventures qui modifient à jamais le cours de leur existence.

« Il était une fois... »

Les aventures commencent ! On les appelle des **péripéties.** Elles confrontent le héros à des épreuves. Il est alors aidé par des personnages, les **alliés** ou **adjuvants.** Malheureusement, il se heurte à des **opposants**, ses ennemis. Tous ces éléments peuvent être réels ou surnaturels, humains, animaux ou objets.

La **résolution** apporte une solution à l'aventure : la situation se dénoue.

La **situation finale** marque le triomphe du héros qui s'est illustré par ses qualités et qui sort mûri par les épreuves. Elle sanctionne tout personnage que les aventures n'ont pas transformé.

◆ Le merveilleux

La formule « Il était une fois... » ouvre fréquemment les contes. Cette phrase est une sorte de clin d'œil, qui indique au lecteur son entrée dans le domaine du merveilleux.

L'action du conte se déroule dans des **lieux imprécis** et souvent imaginaires.

Le lecteur peut les imaginer à sa façon ; ce sont des châteaux, des forêts, des villages.

Des **personnages** dotés de pouvoirs extraordinaires (sorcières, fées), des **animaux** qui parlent ou des **objets magiques** composent les éléments merveilleux ou surnaturels des contes. Le merveilleux s'applique aussi aux intempéries (une tempête soudaine), ou à l'espace-temps, lorsqu'un personnage est transporté, en une fraction de seconde, dans un lieu très éloigné.

La **métamorphose** est le passage magique d'une forme à une autre. L'humain devient un animal ou l'inverse, un objet se transforme en homme. La métamorphose peut aussi être sociale (de la pauvreté à la richesse) ou changer le cœur d'un personnage, qui devient bon.

En écrivant un conte, l'auteur poursuit souvent deux buts : divertir et donner une leçon de morale. Les contes montrent des défauts à combattre et mettent en avant les qualités de cœur indispensables au bonheur. Les personnages méchants sont punis. Les bons sont récompensés par une vie heureuse. Telle est la leçon de bien des contes. ■

« Divertir et donner une leçon de morale. »

Beauté et laideur

◆ Beauté et laideur

La beauté et la laideur sont des thèmes éternels, qui concernent autant le conte de fées que l'art, la littérature en général ou le quotidien. Le beau procure une sensation agréable par son harmonie, fascine et suscite aussi bien l'admiration que la jalousie. Le laid, associé au désordre et parfois à la violence, dérange. Il effraie, isole, blesse et met à l'épreuve parce qu'il représente aux yeux de la société un « défaut ».

◆ Le conte de fées

Outre *La Belle et la Bête*, trois contes de Perrault abordent les thèmes de la beauté et de la laideur : *Peau d'Âne*, *Riquet à la houppe* et *La Belle au bois dormant*. Une jeune fille surnommée Peau d'Âne, fuyant un père amoureux, est contrainte de se déguiser en souillon, revêtant la peau d'un âne mort, avant qu'un prince ne décèle en elle la beauté. Dans ce cas, la belle héroïne s'enlaidit volontairement, sur les conseils de sa marraine, la fée des Lilas. Riquet à la houppe, jeune prince hideux mais fort intelligent, possède le pouvoir magique de transmettre à sa bien-aimée le don de l'esprit. Quelle chance pour lui le jour où il console une jeune princesse affligée de n'être « que » belle, en lui offrant l'intelligence ! Enfin, la Belle au bois dormant, dont le temps (un siècle) n'outrage pas la beauté, est frappée cependant par la malédiction d'une fée Carabosse vieille et méchante, en plus d'être laide !

Dans le conte d'Andersen, le vilain petit canard et le beau cygne sont deux apparences d'un même animal à des stades différents de son évolution : lors de la situation finale s'opère une heureuse métamorphose. Les souffrances endurées s'évanouissent par le miracle même de cette transformation. À l'exclusion succède l'admiration !

◆ Roman et théâtre

Le roman s'appuie souvent sur le thème de la beauté et de la laideur. Victor Hugo par exemple a créé le personnage de Gwynplaine, enfant défiguré, héros de *L'Homme qui rit*, ou encore Quasimodo dans *Notre-Dame de Paris*, dont « toute la personne était une grimace », mais dont la laideur cache un cœur généreux et amoureux.

Dans la pièce d'Edmond Rostand, *Cyrano de Bergerac*, le héros au long nez est obligé, pour révéler son amour à Roxanne, d'offrir la beauté de ses mots au superbe Christian, devenu porte-parole du poète.

◆ Le cinéma

Au cinéma, sauf dans le cas de Shrek, ogre vert hideux mais charmant créé par William Steig, la laideur est vue comme un mal aux conséquences négatives. Tim Burton articule souvent son œuvre autour de cette thématique. Les héros de ses films sont souvent incompris, voire maltraités par un entourage intolérant. *Edward aux mains d'argent* (1990), créature inachevée dont les mains sont faites de multiples ciseaux aux lames acérées, révèle son talent de sculpteur, mais finit pourchassé par la ville entière. Dans *L'Étrange Noël de monsieur Jack* (1993), la générosité du héros est incomprise dans la ville de Noël exclusivement tournée vers le beau. Plus récemment, le film *Frankenweenie* (2012) raconte la résurrection du compagnon à quatre pattes d'un enfant. Le chien, après avoir semé la terreur par son aspect hideux, deviendra un héros en sauvant son jeune maître d'un incendie. En littérature comme au cinéma, la laideur est souvent contrebalancée par de grandes qualités intérieures.

Ainsi, le triomphe de l'intelligence et des qualités humaines conduit le héros, superbe ou laid, à la grandeur et à la beauté, réelle ou intérieure. La conclusion revient à Charles Perrault qui affirme dans la moralité de *Riquet à la houppe* : « Tout est beau dans ce que l'on aime, tout ce que l'on aime a de l'esprit ». ■

Page suivante :
La Belle et la Bête,
affiche du film de Jean Cocteau, 1946 (détail).

Jean Cocteau

Autres lectures

Charles Perrault

Riquet à la houppe

1697
texte intégral

Madame d'Aulnoy

La Belle aux cheveux d'or

1697
texte intégral

D'autres contes où les qualités du cœur l'emportent sur la beauté...

Qui sont les auteurs ?

Charles Perrault (1628-1703)

À 69 ans, déjà académicien, il publie les *Contes de la mère l'Oye* en 1697. Ce recueil contient des contes issus de la tradition orale : *Le chat Botté*, *Cendrillon*, *Riquet à la Houppe*, *La Barbe Bleue* que l'écrivain arrange à sa manière, avec humour. Davantage conçus pour les adultes que pour les enfants, ces récits critiquent souvent des comportement humains.

Madame d'Aulnoy (1650-1705)

Après un exil en Angleterre, elle revient en France en 1685 et ouvre un salon très fréquenté où l'on parle littérature et politique. Elle commence par écrire des romans puis se lance dans la rédaction de nombreux contes dont certains sont très célèbres : *L'Oiseau bleu*, *La Princesse Rosette*, *La Princesse aux cheveux d'or*. Elle est la pionnière des contes de fées.

Riquet à la houppe

Il était une fois une reine qui accoucha d'un fils, si laid et si mal fait, qu'on douta[1] longtemps s'il avait forme humaine. Une fée qui se trouva à sa naissance assura qu'il ne laisserait pas d'être[2] aimable, parce qu'il aurait beaucoup d'esprit ; elle ajouta même qu'il pourrait, en vertu du don qu'elle venait de lui faire, donner autant d'esprit qu'il en aurait à celle qu'il aimerait le mieux. Tout cela consola un peu la pauvre reine, qui était bien affligée d'avoir mis au monde un si vilain marmot. Il est vrai que cet enfant ne commença pas plus tôt à parler qu'il dit mille jolies choses, et qu'il avait dans toutes ses actions je ne sais quoi de si spirituel[3], qu'on en était charmé. J'oubliais de dire qu'il vint au monde avec une petite houppe[4] de cheveux sur la tête, ce qui fit qu'on le nomma Riquet à la houppe, car Riquet était le nom de la famille.

Au bout de sept ou huit ans, la reine d'un royaume voisin accoucha de deux filles. La première qui vint au monde était plus belle que le jour : la reine en fut si aise, qu'on appréhenda[5] que la trop grande joie qu'elle en avait ne lui fît mal. La même fée qui avait assisté à la naissance du petit Riquet à la houppe était présente, et pour modérer la joie de la reine, elle lui déclara que cette petite princesse n'aurait point d'esprit, et qu'elle serait aussi stupide qu'elle était belle. Cela mortifia[6] beaucoup la reine ; mais elle eut quelques moments après un bien plus grand chagrin, car la seconde fille dont elle accoucha se trouva extrêmement laide.

1. Se demanda.
2. Serait toujours.
3. Intelligent.
4. Touffe.
5. Craignit.
6. Humilia.

« Ne vous affligez point tant, Madame, lui dit la fée ; votre fille sera récompensée d'ailleurs[1], et elle aura tant d'esprit, qu'on ne s'apercevra presque pas qu'il lui manque de la beauté.

– Dieu le veuille, répondit la reine ; mais n'y aurait-il point moyen de faire avoir un peu d'esprit à l'aînée qui est si belle ?

– Je ne puis rien pour elle, Madame, du côté de l'esprit, lui dit la fée, mais je puis tout du côté de la beauté ; et comme il n'y a rien que je ne veuille faire pour votre satisfaction, je vais lui donner pour don de pouvoir rendre beau ou belle la personne qui lui plaira. »

À mesure que ces deux princesses devinrent grandes, leurs perfections crûrent[2] aussi avec elles, et on ne parlait partout que de la beauté de l'aînée et de l'esprit de la cadette. Il est vrai aussi que leurs défauts augmentèrent beaucoup avec l'âge. La cadette enlaidissait à vue d'œil, et l'aînée devenait plus stupide de jour en jour. Ou elle ne répondait rien à ce qu'on lui demandait, ou elle disait une sottise. Elle était avec cela si maladroite qu'elle n'eût pu ranger quatre porcelaines sur le bord d'une cheminée sans en casser une, ni boire un verre d'eau sans en répandre la moitié sur ses habits. Quoique la beauté soit un grand avantage dans une jeune personne, cependant la cadette l'emportait presque toujours sur son aînée dans toutes les compagnies[3]. D'abord on allait du côté de la plus belle pour la voir et pour l'admirer, mais bientôt après, on allait à celle qui avait le plus d'esprit, pour lui entendre dire mille choses agréables ; et on était étonné qu'en moins d'un quart d'heure l'aînée n'avait plus personne auprès d'elle, et que tout le monde s'était

1. D'un autre côté.
2. Grandirent.
3. Réunions.

rangé autour de la cadette. L'aînée, quoique fort stupide, le remarqua bien, et elle eût donné sans regret toute sa beauté pour avoir la moitié de l'esprit de sa sœur. La reine, toute sage qu'elle était, ne put s'empêcher de lui reprocher plusieurs fois sa bêtise, ce qui pensa[4] faire mourir de douleur cette pauvre princesse. Un jour qu'elle s'était retirée dans un bois pour y plaindre son malheur, elle vit venir à elle un petit homme fort laid et fort désagréable, mais vêtu très magnifiquement. C'était le jeune prince Riquet à la houppe, qui étant devenu amoureux d'elle d'après ses portraits qui couraient par tout le monde, avait quitté le royaume de son père pour avoir le plaisir de la voir et de lui parler. Ravi de la rencontrer ainsi toute seule, il l'aborde avec tout le respect et toute la politesse imaginable. Ayant remarqué, après lui avoir fait les compliments ordinaires, qu'elle était fort mélancolique, il lui dit :

« Je ne comprends point, Madame, comment une personne aussi belle que vous l'êtes peut être aussi triste que vous le paraissez ; car, quoique je puisse me vanter d'avoir vu une infinité de belles personnes, je puis dire que je n'en ai jamais vu dont la beauté approche de la vôtre.

– Cela vous plaît à dire[5], Monsieur, lui répondit la princesse, et en demeure là[6].

– La beauté, reprit Riquet à la houppe, est un si grand avantage qu'il doit tenir lieu[7] de tout le reste ; et quand on le possède, je ne vois pas qu'il y ait rien qui puisse nous affliger beaucoup.

– J'aimerais mieux, dit la princesse, être aussi laide que vous et avoir de l'esprit, que d'avoir de la beauté comme j'en ai, et être bête autant que je le suis.

4. Faillit.
5. C'est vous qui le dites.
6. Elle n'ajoute rien.
7. Remplace.

– Il n'y a rien, Madame, qui marque[1] davantage qu'on a de l'esprit, que de croire n'en pas avoir, et il est de la nature de ce bien-là, que plus on en a, plus on croit en manquer.

– Je ne sais pas cela, dit la princesse, mais je sais bien que je suis fort bête, et c'est de là que vient le chagrin qui me tue.

– Si ce n'est que cela, Madame, qui vous afflige, je puis aisément mettre fin à votre douleur.

– Et comment ferez-vous ? dit la princesse.

– J'ai le pouvoir, Madame, dit Riquet à la houppe, de donner de l'esprit autant qu'on en saurait avoir à la personne que je dois aimer le plus ; et comme vous êtes, Madame, cette personne, il ne tiendra qu'à vous que vous n'ayez autant d'esprit qu'on en peut avoir, pourvu que vous vouliez bien m'épouser. »

La princesse demeura tout interdite[2], et ne répondit rien.

« Je vois, reprit Riquet à la houppe, que cette proposition vous fait de la peine, et je ne m'en étonne pas ; mais je vous donne un an tout entier pour vous y résoudre. »

La princesse avait si peu d'esprit, et en même temps une si grande envie d'en avoir, qu'elle s'imagina que la fin de cette année ne viendrait jamais ; de sorte qu'elle accepta la proposition qui lui était faite. Elle n'eut pas plus tôt promis à Riquet à la houppe qu'elle l'épouserait dans un an à pareil jour, qu'elle se sentit tout autre qu'elle n'était auparavant ; elle se trouva une facilité incroyable à dire tout ce qui lui plaisait, et à le dire d'une manière fine, aisée et naturelle. Elle commença dès ce moment

1. Montre.
2. Sans voix.

une conversation galante[3] et soutenue avec Riquet à la houppe, où elle brilla d'une telle force que Riquet à la houppe crut lui avoir donné plus d'esprit qu'il ne s'en était réservé pour lui-même. Quand elle fut retournée au palais, toute la cour ne savait que penser d'un changement si subit et si extraordinaire, car autant qu'on lui avait ouï[4] dire d'impertinences[5] auparavant, autant lui entendait-on dire des choses bien sensées et infiniment spirituelles. Toute la cour en eut une joie qui ne se peut imaginer; il n'y eut que sa cadette qui n'en fut pas bien aise[6], parce que n'ayant plus sur son aînée l'avantage de l'esprit, elle ne paraissait plus auprès d'elle qu'une guenon fort désagréable. Le roi se conduisait selon ses avis[7], et allait même quelquefois tenir le conseil dans son appartement. Le bruit de ce changement s'étant répandu, tous les jeunes princes des royaumes voisins firent leurs efforts pour s'en faire aimer, et presque tous la demandèrent en mariage; mais elle n'en trouvait point qui eût assez d'esprit, et elle les écoutait tous sans s'engager à l'un d'eux. Cependant il en vint un si puissant, si riche, si spirituel et si bien fait, qu'elle ne put s'empêcher d'avoir de la bonne volonté pour lui[8]. Son père s'en étant aperçu lui dit qu'il la faisait la maîtresse sur le choix d'un époux[9], et qu'elle n'avait qu'à se déclarer[10]. Comme plus on a d'esprit et plus on a de peine à prendre une ferme résolution sur cette affaire, elle demanda, après avoir remercié son père, qu'il lui donnât du temps pour y penser. Elle alla par hasard se promener dans le même bois où elle avait trouvé Riquet à la houppe, pour rêver[11] plus commodément à ce qu'elle avait à faire. Dans le temps qu'elle se promenait, rêvant profondément, elle

3. Élégante.
4. Entendu.
5. De sottises.
6. Qui ne fut pas contente.
7. Agissait selon ses conseils.
8. D'être attirée par lui.
9. La laissait choisir son époux elle-même.
10. Se décider.
11. Réfléchir.

entendit un bruit sourd sous ses pieds, comme de plusieurs personnes qui vont et viennent et qui agissent. Ayant prêté l'oreille plus attentivement, elle ouït que l'un disait : « Apporte-moi cette marmite » ; l'autre : « Donne-moi cette chaudière » ; l'autre : « Mets du bois dans ce feu. » La terre s'ouvrit dans le même temps, et elle vit sous ses pieds comme une grande cuisine pleine de cuisiniers, de marmitons et de toutes sortes d'officiers[1] nécessaires pour faire un festin magnifique. Il en sortit une bande de vingt ou trente rôtisseurs, qui allèrent se camper dans une allée du bois autour d'une table fort longue, et qui tous, la lardoire[2] à la main, et la queue de renard sur l'oreille[3], se mirent à travailler en cadence au son d'une chanson harmonieuse. La princesse, étonnée de ce spectacle, leur demanda pour qui ils travaillaient.

« C'est, Madame, lui répondit le plus apparent[4] de la bande, pour le prince Riquet à la houppe, dont les noces se feront demain. »

La princesse, encore plus surprise qu'elle ne l'avait été, et se ressouvenant tout à coup qu'il y avait un an qu'à pareil jour elle avait promis d'épouser le prince Riquet à la houppe, pensa tomber de son haut[5]. Ce qui faisait qu'elle ne s'en souvenait pas, c'est que, quand elle fit cette promesse, elle était une bête, et qu'en prenant le nouvel esprit que le prince lui avait donné, elle avait oublié toutes ses sottises. Elle n'eut pas fait trente pas en continuant sa promenade, que Riquet à la houppe se présenta à elle, brave[6], magnifique, et comme un prince qui va se marier.

« Vous me voyez, dit-il, Madame, exact à tenir ma parole, et je ne doute point que vous ne veniez ici pour

1. Domestiques chargés d'une fonction particulière dans la maison d'un prince. Les officiers de bouche sont, par exemple, ceux qui travaillent pour la table du roi.
2. Brochette servant à larder, c'est-à-dire mettre des lardons dans la viande.
3. Insigne des cuisiniers des grands seigneurs.
4. À la renverse.
5. Important.
6. Élégant.

Gravure de Gustave Doré (1832-1883) pour *Riquet à la houppe* de Charles Perrault.

exécuter la vôtre, et me rendre, en me donnant la main[1], le plus heureux de tous les hommes.

– Je vous avouerai franchement, répondit la princesse, que je n'ai pas encore pris ma résolution là-dessus, et que je ne crois pas pouvoir jamais la prendre telle que vous la souhaitez.

– Vous m'étonnez, Madame, lui dit Riquet à la houppe.

– Je le crois, dit la princesse, et assurément si j'avais affaire à un brutal[2], à un homme sans esprit, je me trouverais bien embarrassée. Une princesse n'a que sa parole, me dirait-il, et il faut que vous m'épousiez, puisque vous me l'avez promis ; mais comme celui à qui je parle est l'homme du monde qui a le plus d'esprit, je suis sûre qu'il entendra raison[3]. Vous savez que, quand j'étais une bête, je ne pouvais néanmoins me résoudre à vous épouser ; comment voulez-vous qu'ayant l'esprit que vous m'avez donné, qui me rend encore plus difficile en gens[4] que je n'étais, je prenne aujourd'hui une résolution que je n'ai pu prendre dans ce temps-là ? Si vous pensiez tout de bon à m'épouser, vous avez eu grand tort de m'ôter ma bêtise, et de me faire voir plus clair que je ne voyais.

– Si un homme sans esprit, répondit Riquet à la houppe, serait bien reçu[5], comme vous venez de le dire, à vous reprocher votre manque de parole, pourquoi voulez-vous, Madame, que je n'en use pas de même, dans une chose où il y va de tout le bonheur de ma vie ? Est-il raisonnable que les personnes qui ont de l'esprit soient d'une pire condition[6] que ceux qui n'en ont pas ? Le pouvez-vous prétendre, vous qui en avez tant,

1. En m'acceptant comme époux.
2. Grossier personnage.
3. Comprendra.
4. Exigeante avec les gens.
5. Aurait raison de.
6. Soient plus malheureux.

et qui avez tant souhaité d'en avoir ? Mais venons au fait, s'il vous plaît. À la réserve de[7] ma laideur, y a-t-il quelque chose en moi qui vous déplaise ? Êtes-vous mal contente[8] de ma naissance, de mon esprit, de mon humeur[9], et de mes manières ?

– Nullement, répondit la princesse, j'aime en vous tout ce que vous venez de me dire.

– Si cela est ainsi, reprit Riquet à la houppe, je vais être heureux, puisque vous pouvez me rendre le plus aimable de tous les hommes.

– Comment cela se peut-il faire ? lui dit la princesse.

– Cela se fera, répondit Riquet à la houppe, si vous m'aimez assez pour souhaiter que cela soit ; et afin, Madame, que vous n'en doutiez pas, sachez que la même fée qui au jour de ma naissance me fit le don de pouvoir rendre spirituelle qui me plairait, vous a aussi fait le don de pouvoir rendre beau celui que vous aimerez, et à qui vous voudrez bien faire cette faveur.

– Si la chose est ainsi, dit la princesse, je souhaite de tout mon cœur que vous deveniez le prince du monde le plus beau et le plus aimable ; et je vous en fais le don autant qu'il m'est possible. »

La princesse n'eut pas plus tôt prononcé ces paroles, que Riquet à la houppe parut à ses yeux l'homme du monde le plus beau, le mieux fait et le plus aimable qu'elle eût jamais vu. Quelques-uns assurent que ce ne furent point les charmes[10] de la fée qui opérèrent, mais que l'amour seul fit cette métamorphose. Ils disent que la princesse ayant fait réflexion sur la persévérance de son amant, sur sa discrétion[11], et sur toutes les bonnes qualités de son âme et de son esprit, ne vit plus la dif-

7. Mis à part.
8. Insatisfaite.
9. Caractère.
10. Pouvoirs magiques.
11. Son jugement.

formité de son corps, ni la laideur de son visage, que sa bosse ne lui sembla plus que le bon air d'un homme qui fait le gros dos[1], et qu'au lieu que jusqu'alors elle l'avait vu boiter effroyablement, elle ne lui trouva plus qu'un certain air penché qui la charmait ; ils disent encore que ses yeux, qui étaient louches[2], ne lui en parurent que plus brillants, que leur dérèglement passa dans son esprit pour la marque d'un violent excès d'amour, et qu'enfin son gros nez rouge eut pour elle quelque chose de martial[3] et d'héroïque. Quoi qu'il en soit, la princesse lui promit sur-le-champ de l'épouser, pourvu qu'il en obtînt le consentement du roi son père. Le roi ayant su que sa fille avait beaucoup d'estime pour Riquet à la houppe, qu'il connaissait d'ailleurs pour un prince très spirituel et très sage, le reçut avec plaisir pour son gendre. Dès le lendemain les noces furent faites, ainsi que Riquet à la houppe l'avait prévu, et selon les ordres qu'il en avait donnés longtemps auparavant.

MORALITÉ

Ce que l'on voit dans cet écrit,
Est moins un conte en l'air que la vérité même ;
Tout est beau dans ce que l'on aime,
Tout ce que l'on aime a de l'esprit.

AUTRE MORALITÉ

Dans un objet[4] où la Nature
Aura mis de beaux traits, et la vive peinture
D'un teint[5] où jamais l'art ne saurait arriver,
Tous ces dons pourront moins pour rendre un cœur sensible
Qu'un agrément[6] invisible
Que l'amour y fera trouver.

1. Position à la mode au XVIIe siècle, qui consiste à se voûter pour se donner une certaine importance.
2. Louchaient.
3. Guerrier. Adjectif formé sur Mars, dieu de la guerre.
4. Une personne.
5. Une beauté.
6. Plaisir.

La Belle aux cheveux d'or

Il y avait une fois la fille d'un roi, qui était si belle qu'il n'y avait rien de si beau au monde ; et à cause qu'elle était si belle[7], on la nommait la Belle aux cheveux d'or, car ses cheveux étaient plus fins que de l'or, et blonds par merveille, tout frisés, qui lui tombaient jusque sur les pieds. Elle allait toujours couverte de ses cheveux bouclés, avec une couronne de fleurs sur la tête, et des habits brodés de diamants et de perles, tant il y a qu'on[8] ne pouvait la voir sans l'aimer.

Il y avait un jeune roi de ses voisins qui n'était point marié, et qui était bien fait et bien riche. Quand il eut appris tout ce qu'on disait de la Belle aux cheveux d'or, bien qu'il ne l'eût point encore vue, il se prit à l'aimer si fort, qu'il en perdait le boire et le manger[9], et il se résolut[10] de lui envoyer un ambassadeur pour la demander en mariage. Il fit faire un carrosse magnifique à son ambassadeur ; il lui donna plus de cent chevaux et de cent laquais, et lui recommanda bien de lui amener la princesse.

Quand il eut pris congé du roi et qu'il fut parti, toute la cour ne parlait d'autre chose ; et le roi qui ne doutait pas que la Belle aux cheveux d'or ne consentît à ce qu'il souhaitait, lui faisait déjà faire de belles robes, et des meubles admirables. Pendant que les ouvriers étaient occupés à travailler, l'ambassadeur arrivé chez la Belle aux cheveux d'or, lui fit son petit message ; mais soit qu'elle ne fût pas ce jour-là de bonne humeur, ou que le compliment ne lui semblât pas à son gré[11], elle répon-

7. Parce qu'elle était très belle.
8. Si bien que l'on.
9. Soif et appétit.
10. Décida.
11. À son goût.

dit à l'ambassadeur qu'elle remerciait le roi, et qu'elle n'avait point envie de se marier.

L'ambassadeur partit de la cour de cette princesse, bien triste de ne la pas amener avec lui, il rapporta tous les présents[1] qu'il lui avait portés de la part du roi car elle était fort sage et savait bien qu'il ne faut pas que les filles reçoivent rien[2] des garçons, aussi elle ne voulut jamais accepter les beaux diamants et le reste ; et, pour ne pas mécontenter le roi, elle prit seulement un quarteron d'épingles[3] d'Angleterre.

Quand l'ambassadeur arriva à la grande ville du roi, où il était attendu si impatiemment, chacun s'affligea[4] de ce qu'il ne ramenait point la Belle aux cheveux d'or, et le roi se prit à pleurer comme un enfant : on le consolait sans en pouvoir venir à bout.

Il y avait un jeune garçon à la cour qui était beau comme le soleil, et le mieux fait de tout le royaume : à cause de sa bonne grâce et de son esprit, on le nommait Avenant. Tout le monde l'aimait, hors[5] les envieux, qui étaient fâchés que le roi lui fît du bien et qu'il lui confiât tous les jours ses affaires.

Avenant se trouva avec des personnes qui parlaient du retour de l'ambassadeur, et qui disaient qu'il n'avait rien fait qui vaille ; il leur dit, sans y prendre trop garde :

« Si le roi m'avait envoyé vers la Belle aux cheveux d'or, je suis certain qu'elle serait revenue avec moi. »

Tout aussitôt ces méchantes gens vont dire au roi : « Sire, vous ne savez pas ce que dit Avenant ? Que, si vous l'aviez envoyé chez la Belle aux cheveux d'or, il l'aurait ramenée. Considérez bien sa malice[6] ; il pré-

1. Cadeaux.
2. Quelque chose.
3. Un quart de cent épingles.
4. Fut très triste.
5. Sauf.
6. Méchanceté.

tend être plus beau que vous, et qu'elle l'aurait tant aimé qu'elle l'aurait suivi partout. » Voilà le roi qui se met en colère, en colère tant et tant qu'il était hors de lui.

« Ha, ha, dit-il, ce joli mignon se moque de mon malheur, et il se prise[7] plus que moi ; allons, qu'on le mette dans ma grosse tour, et qu'il y meure de faim. »

Les gardes du roi furent[8] chez Avenant, qui ne pensait plus à ce qu'il avait dit ; ils le traînèrent en prison, et lui firent mille maux[9]. Ce pauvre garçon n'avait qu'un peu de paille pour se coucher, et il serait mort, sans qu'il coulait une petite fontaine[10] dans le pied de la tour, dont il buvait un peu pour se rafraîchir, car la faim lui avait bien séché la bouche.

Un jour qu'il n'en pouvait plus, il disait en soupirant :

« De quoi se plaint le roi ? Il n'a point de sujet qui lui soit plus fidèle que moi ; je ne l'ai jamais offensé. »

Le roi par hasard passait proche de la tour, et, quand il entendit la voix de celui qu'il avait tant aimé, il s'arrêta pour l'écouter, malgré ceux qui étaient avec lui, qui haïssaient Avenant, et qui disaient au roi :

« À quoi vous amusez-vous, sire ? Ne savez-vous pas que c'est un fripon[11] ? »

Le roi répondit :

« Laissez-moi là, je veux l'écouter. »

Ayant ouï[12] ses plaintes, les larmes lui en vinrent aux yeux ; il ouvrit la porte de la tour, et l'appela. Avenant vint tout triste se mettre à genoux devant lui, et baisa ses pieds :

« Que vous ai-je fait, sire, lui dit-il, pour me traiter si durement ?

7. S'estime.
8. Allèrent.
9. Misères.
10. Sans une petite fontaine qui coulait.
11. Malhonnête.
12. Entendu.

– Tu t'es moqué de moi et de mon ambassadeur, dit le roi. Tu as dit que si je t'avais envoyé chez la Belle aux cheveux d'or, tu l'aurais bien amenée.

– Il est vrai, sire, répondit Avenant, que je lui aurais si bien fait connaître vos grandes qualités, que je suis persuadé qu'elle n'aurait pu s'en défendre ; et en cela je n'ai rien dit qui ne vous dût être agréable[1]. »

Le roi trouva qu'effectivement il n'avait point de tort ; il regarda de travers ceux qui lui avaient dit du mal de son favori, et il l'emmena avec lui, se repentant[2] bien de la peine qu'il lui avait faite.

Après l'avoir fait souper à merveille[3], il l'appela dans son cabinet, et lui dit :

« Avenant, j'aime toujours la Belle aux cheveux d'or, ses refus ne m'ont point rebuté[4] ; mais je ne sais comment m'y prendre pour qu'elle veuille m'épouser : j'ai envie de t'y envoyer pour voir si tu pourras réussir. »

Avenant répliqua qu'il était disposé de lui obéir en toutes choses, qu'il partirait dès le lendemain.

« Ho ! dit le roi, je veux te donner un grand équipage.

– Cela n'est point nécessaire, répondit-il, il ne me faut qu'un bon cheval avec des lettres de votre part. »

Le roi l'embrassa, car il était ravi de le voir sitôt prêt.

Ce fut un lundi matin qu'il prit congé du roi et de ses amis pour aller à son ambassade tout seul, sans pompe[5] et sans bruit. Il ne faisait que rêver aux moyens d'engager la Belle aux cheveux d'or d'épouser le roi ; il avait une écritoire[6] dans sa poche ; et, quand il lui venait quelque belle pensée à mettre dans sa harangue[7], il descendait de cheval, et s'asseyait sous des arbres pour écrire afin de ne rien oublier. Un matin qu'il était parti

1. Qui soit méchant pour vous.
2. Regrettant.
3. Abondamment.
4. Découragé.
5. Avec simplicité.
6. Petit étui qui contient ce qu'il faut pour écrire.
7. Son discours.

à la petite pointe du jour, en passant dans une grande prairie, il lui vint une pensée fort jolie ; il mit pied à terre, et se plaça contre des saules et des peupliers qui étaient plantés le long d'une petite rivière qui coulait au bord du pré. Après qu'il eut écrit, il regarda de tous côtés, charmé de se trouver en un si bel endroit. Il aperçut sur l'herbe une grosse carpe dorée, qui bâillait[8], et qui n'en pouvait plus ; car, ayant voulu attraper de petits moucherons, elle avait sauté si haut hors de l'eau, qu'elle s'était élancée sur l'herbe, où elle était prête à mourir. Avenant en eut pitié ; et, quoiqu'il fût jour maigre[9], et qu'il eût pu l'emporter pour son dîner, il fut[10] la prendre, et la remit doucement dans la rivière. Dès que ma commère la carpe sentit la fraîcheur de l'eau, elle commence à se réjouir, et se laisse couler jusqu'au fond ; puis, revenant toute gaillarde au bord de la rivière : « Avenant, dit-elle, je vous remercie du plaisir que vous venez de me faire ; sans vous je serais morte, et vous m'avez sauvée : je vous le revaudrai[11]. » Après ce petit compliment, elle s'enfonça dans l'eau, et Avenant demeura bien surpris de l'esprit et de la grande civilité[12] de la carpe.

Un autre jour qu'il continuait son voyage, il vit un corbeau bien embarrassé ; ce pauvre oiseau était poursuivi par un gros aigle (grand mangeur de corbeaux) ; il était près de l'attraper, et il l'aurait avalé comme une lentille, si Avenant n'eût eu compassion[13] du malheur de cet oiseau.

« Voilà, dit-il, comme les plus forts oppriment les plus faibles ; quelle raison a l'aigle de manger le corbeau ? »

Il prend son arc qu'il portait toujours et une flèche ; puis, mirant[14] bien l'aigle, croc, il lui décoche la flèche

8. Avait la bouche ouverte.
9. Jour où l'on mange du poisson.
10. Alla.
11. Rendrai.
12. Politesse.
13. Pitié.
14. Observant.

dans le corps, et le perce de part en part ; il tombe mort, et le corbeau ravi vint se percher sur un arbre :

« Avenant, lui dit-il, vous êtes bien généreux de m'avoir secouru, moi qui ne suis qu'un misérable corbeau ; mais je n'en demeurerai point ingrat, je vous le revaudrai. »

Avenant admira le bon esprit du corbeau, et continua son chemin. En entrant dans un grand bois, si matin qu'il ne voyait qu'à peine à se conduire[1], il entendit un hibou qui criait en hibou désespéré.

« Ouais ! dit-il, voilà un hibou bien affligé, il pourrait s'être laissé prendre dans quelque filet. »

Il chercha de tous côtés, et enfin il trouva de grands filets que des oiseleurs avaient tendus la nuit pour attraper les oisillons.

« Quelle pitié ! dit-il, les hommes ne sont faits que pour s'entretourmenter[2], ou pour persécuter de pauvres animaux, qui ne leur font ni tort ni dommage[3]. »

Il tira son couteau, et coupa les cordelettes. Le hibou prit l'essor[4], mais, revenant à tire-d'aile :

« Avenant, dit-il, il n'est pas nécessaire que je vous fasse une longue harangue, pour vous faire comprendre l'obligation que je vous ai[5] ; elle parle assez d'elle-même : les chasseurs allaient venir, j'étais pris, j'étais mort sans votre secours ; j'ai le cœur reconnaissant, je vous le revaudrai. »

Voilà les trois plus considérables aventures qui arrivèrent à Avenant dans son voyage. Il était si pressé d'arriver, qu'il ne tarda pas à se rendre au palais de la Belle aux cheveux d'or. Tout y était admirable ; l'on y voyait les diamants entassés comme des pierres, les

1. Il était si tôt qu'il voyait à peine le chemin.
2. Se tourmenter les uns les autres.
3. Mal.
4. Son vol.
5. Ma reconnaissance.

beaux habits, le bonbon[6], l'argent : c'étaient des choses merveilleuses; et il pensait en lui-même que si elle quittait tout cela pour venir chez le roi son maître, il faudrait qu'il jouât bien de bonheur[7]. Il prit un habit de brocart[8], des plumes incarnates[9] et blanches; il se peigna, se poudra, se lava le visage; il mit une riche écharpe toute brodée à son cou, avec un petit panier, et dedans un beau petit chien, qu'il avait acheté en passant à Boulogne. Avenant était si bien fait, si aimable, il faisait toutes choses avec tant de grâce, que lorsqu'il se présenta à la porte du palais, tous les gardes lui firent une grande révérence et l'on courut dire à la Belle aux cheveux d'or, qu'Avenant, ambassadeur du roi son plus proche voisin, demandait à la voir.

Sur ce nom d'Avenant, la princesse dit :

« Cela me porte bonne signification[10]; je gagerais[11] qu'il est joli, et qu'il plaît à tout le monde.

– Vraiment oui, madame, lui dirent toutes ses filles d'honneur, nous l'avons vu du grenier où nous accommodions votre filasse[12], et, tant qu'il a demeuré sous les fenêtres, nous n'avons pu rien faire.

– Voilà qui est beau, répliqua la Belle aux cheveux d'or, de vous amuser à regarder les garçons. Çà[13], que l'on me donne ma grande robe de satin bleu brodée, et que l'on éparpille bien mes blonds cheveux; que l'on me fasse des guirlandes de fleurs nouvelles, que l'on me donne mes souliers hauts et mon éventail; que l'on balaye ma chambre et mon trône; car je veux qu'il dise partout que je suis vraiment la Belle aux cheveux d'or. »

Voilà toutes ses femmes qui s'empressaient de la parer comme une reine; elles étaient si hâtées[14] qu'elles

6. Les sucreries.
7. Qu'il ait bien de la chance.
8. Riche étoffe.
9. Rouges.
10. Ce nom me plaît.
11. Parierais.
12. Préparions du fil.
13. Allons.
14. Pressées.

s'entrecognaient et n'avançaient guère. Enfin la princesse passa dans sa galerie aux grands miroirs, pour voir si rien ne lui manquait; et puis elle monta sur son trône d'or, d'ivoire et d'ébène[1], qui sentait comme baume[2]; et elle commanda à ses filles de prendre des instruments et de chanter tout doucement pour n'étourdir[3] personne.

L'on conduisit Avenant dans la salle d'audience; il demeura si transporté d'admiration qu'il a dit depuis, bien des fois, qu'il ne pouvait presque parler; néanmoins il prit courage, et fit sa harangue à merveille : il pria la princesse qu'il n'eût pas le déplaisir de s'en retourner sans elle.

« Gentil Avenant, lui dit-elle, toutes les raisons que vous venez de me conter sont fort bonnes, et je vous assure que je serais bien aise de vous favoriser plus qu'un autre, mais il faut que vous sachiez qu'il y a un mois je fus[4] me promener sur la rivière avec toutes mes dames, et, comme[5] l'on me servit la collation[6], en ôtant mon gant, je tirai de mon doigt une bague qui tomba par malheur dans la rivière : je la chérissais plus que mon royaume; je vous laisse juger de quelle affliction[7] cette perte fut suivie; j'ai fait serment de n'écouter jamais aucune proposition de mariage que[8] l'ambassadeur qui me proposera un époux ne me rapporte ma bague. Voyez à présent ce que vous avez à faire là-dessus; car, quand[9] vous me parleriez quinze jours et quinze nuits, vous ne me persuaderiez pas de changer de sentiment. »

Avenant demeura bien étonné de cette réponse, il lui fit une profonde révérence, et la pria de recevoir le petit chien, le panier et l'écharpe; mais elle lui répliqua

1. Bois noir très précieux.
2. Très bon.
3. Ne fatiguer.
4. Suis allée.
5. Quand.
6. Un petit repas.
7. Désespoir.
8. Si.
9. Quand bien même.

qu'elle ne voulait point de présents, et qu'il songeât à ce qu'elle venait de lui dire.

Quand il fut retourné chez lui, il se coucha sans souper ; et son petit chien, qui s'appelait Cabriolle, ne voulut pas souper non plus : il vint se mettre auprès de lui. Tant que la nuit fut longue[10], Avenant ne cessa point de soupirer.

« Où puis-je prendre une bague tombée depuis un mois dans une grande rivière ? disait-il. C'est toute folie de l'entreprendre[11]. La princesse ne m'a dit cela que pour me mettre dans l'impossibilité de lui obéir. »

Il soupirait et s'affligeait très fort. Cabriolle, qui l'écoutait, lui dit :

« Mon cher maître, je vous prie, ne désespérez point de votre bonne fortune[12] ; vous êtes trop aimable pour n'être pas heureux : allons dès qu'il fera jour au bord de la rivière. »

Avenant lui donna deux petits coups de la main, et ne répondit rien ; mais, tout accablé de tristesse, il s'endormit.

Cabriolle, voyant le jour, cabriola tant[13] qu'il l'éveilla, et lui dit :

« Mon maître, habillez-vous, et sortons. »

Avenant le voulut bien ; il se lève, s'habille et descend dans le jardin, et du jardin il va insensiblement au bord de la rivière, où il se promenait son chapeau sur les yeux et les bras croisés l'un sur l'autre, ne pensant qu'à son départ, quand tout à coup il entendit qu'on l'appelait : « Avenant, Avenant ! »

Il regarde de tous côtés et ne voit personne ; il crut rêver. Il continue sa promenade ; on le rappelle : « Avenant, Avenant !

10. Tant que dura la nuit.
11. D'essayer.
12. Croyez en votre chance.
13. Fit tant de cabrioles.

– Qui m'appelle ? » dit-il.

Cabriolle, qui était fort petit, et qui regardait de près dans l'eau, lui répliqua :

« Ne me croyez jamais si ce n'est une carpe dorée que j'aperçois. »

Aussitôt la grosse carpe paraît, et lui dit :

« Vous m'avez sauvé la vie dans le pré des alisiers[1], où je serais restée sans vous ; je vous promis de vous le revaloir[2] : tenez, cher Avenant, voici la bague de la Belle aux cheveux d'or. »

Il se baissa, et la prit dans la gueule de ma commère la carpe, qu'il remercia mille fois.

Au lieu de retourner chez lui, il fut[3] droit au palais avec le petit Cabriolle, qui était bien aise[4] d'avoir fait venir son maître au bord de l'eau. L'on alla dire à la princesse qu'il demandait à la voir.

« Hélas ! dit-elle, le pauvre garçon, il vient prendre congé[5] de moi ; il a considéré que ce que je veux est impossible, et il va le dire à son maître. »

L'on fit entrer Avenant, qui lui présenta sa bague et lui dit :

« Madame la princesse, voilà votre commandement fait ; vous plaît-il recevoir le roi mon maître pour époux ? »

Quand elle vit sa bague où il ne manquait rien, elle resta si étonnée, qu'elle croyait rêver.

« Vraiment, dit-elle, gracieux Avenant, il faut que vous soyez favorisé de[6] quelque fée, car naturellement cela n'est pas possible.

– Madame, dit-il, je n'en connais aucune, mais j'avais bien envie de vous obéir.

1. Arbres appelés aussi sorbiers.
2. Rendre.
3. Alla.
4. Content.
5. Me dire au revoir.
6. Par.

– Puisque vous avez si bonne volonté, continua-t-elle, il faut que vous me rendiez un autre service, sans lequel je ne me marierai jamais. Il y a un prince, qui n'est pas éloigné d'ici, appelé Galifron, lequel s'était mis dans l'esprit de m'épouser. Il me fit déclarer son dessein[7] avec des menaces épouvantables, que si je le refusais, il désolerait[8] mon royaume, mais jugez si je pouvais l'accepter : c'est un géant qui est plus haut qu'une haute tour ; il mange un homme comme un singe mange un marron. Quand il va à la campagne, il porte dans ses poches de petits canons, dont il se sert au lieu de pistolets ; et lorsqu'il parle bien haut, ceux qui sont près de lui deviennent sourds. Je lui mandai[9] que je ne voulais point me marier, et qu'il m'excusât ; cependant il n'a point laissé[10] de me persécuter ; il tue tous mes sujets et avant toutes choses il faut vous battre contre lui, et m'apporter sa tête. »

Avenant demeura un peu étourdi[11] de cette proposition ; il rêva quelque temps, et puis il dit :

« Eh bien, madame, je combattrai Galifron ; je crois que je serai vaincu, mais je mourrai en brave homme. »

La princesse resta bien étonnée : elle lui dit mille choses pour l'empêcher de faire cette entreprise. Cela ne servit de rien ; il se retira pour aller chercher des armes et tout ce qu'il lui fallait. Quand il eut ce qu'il voulait, il remit le petit Cabriolle dans son panier, il monta sur son beau cheval, et fut dans le pays de Galifron. Il demandait de ses nouvelles à ceux qu'il rencontrait, et chacun lui disait que c'était un vrai démon, dont on n'osait approcher : plus il entendait dire cela, plus il avait peur. Cabriolle le rassurait, et lui disait :

7. Projet.
8. Ruinerait.
9. Fis répondre.
10. Cessé.
11. Stupéfait.

« Mon cher maître, pendant que vous vous battrez, j'irai lui mordre les jambes ; il baissera la tête pour me chasser, et vous le tuerez. »

Avenant admirait l'esprit du petit chien mais il savait assez que son secours[1] ne suffisait pas.

Enfin il arriva proche du château de Galifron ; tous les chemins étaient couverts d'os et de carcasses[2] d'hommes qu'il avait mangés ou mis en pièces. Il ne l'attendit pas longtemps qu'il le vit[3] venir à travers un bois ; sa tête passait les plus grands arbres, et il chantait d'une voix épouvantable.

Où sont les petits enfants,
Que je les croque à belles dents ?
Il m'en faut tant, tant et tant,
Que le monde n'est suffisant.

Aussitôt Avenant se mit à chanter sur le même air :

Approche, voici Avenant,
Qui t'arrachera les dents ;
Bien qu'il ne soit pas des plus grands,
Pour te battre il est suffisant.

Les rimes n'étaient pas régulières[4], mais il fit la chanson fort vite, et c'est même un miracle comme il ne la fit pas plus mal, car il avait horriblement peur. Quand Galifron entendit ces paroles, il regarda de tous côtés, et il aperçut Avenant l'épée à la main, qui lui dit deux ou trois injures pour l'irriter. Il n'en fallut pas tant[5], il se mit dans une colère effroyable et prenant une massue toute de fer, il aurait assommé du premier coup le gentil Avenant, sans qu'un corbeau vînt[6] se mettre sur le haut de sa tête,

1. Aide.
2. Squelettes.
3. Avant de le voir.
4. Faites suivant les règles.
5. Davantage.
6. Si un corbeau n'était pas venu.

et avec son bec lui donna[7] si juste dans les yeux, qu'il les creva; le sang coulait sur son visage, il était comme un désespéré, frappant de tous côtés. Avenant l'évitait, et lui portait de grands coups d'épée qu'il enfonçait jusqu'à la garde[8], et qui lui faisaient mille blessures, par où il perdit tant de sang, qu'il tomba. Aussitôt Avenant lui coupa la tête, bien ravi d'avoir été si heureux[9]; et le corbeau, qui s'était perché sur un arbre, lui dit :

« Je n'ai pas oublié le service que vous me rendîtes en tuant l'aigle qui me poursuivait; je vous promis de m'en acquitter, je crois l'avoir fait aujourd'hui.

– C'est moi qui vous dois tout, monsieur du Corbeau, répliqua Avenant, je demeure votre serviteur. »

Il monta aussitôt à cheval, chargé de l'épouvantable tête de Galifron.

Quand il arriva dans la ville, tout le monde le suivait, et criait :

« Voici le brave Avenant, qui vient de tuer le monstre », de sorte que la princesse, qui entendit bien du bruit, et qui tremblait qu'on ne lui vînt apprendre la mort d'Avenant, n'osait demander ce qui lui était arrivé; mais elle vit entrer Avenant avec la tête du géant, qui ne laissa pas[10] de lui faire encore peur, bien qu'il n'y eût plus rien à craindre.

« Madame, lui dit-il, votre ennemi est mort; j'espère que vous ne refuserez plus le roi mon maître.

– Ah! si fait[11], dit la Belle aux cheveux d'or, je le refuserai si vous ne trouvez moyen, avant mon départ, de m'apporter de l'eau de la grotte ténébreuse. Il y a proche d'ici une grotte profonde qui a bien six lieues[12] de tour; on trouve à l'entrée deux dragons qui empêchent qu'on y

7. Le visa.
8. Jusqu'à la poignée.
9. Chanceux.
10. Continua à.
11. Bien sûr.
12. Une lieue mesure environ quatre kilomètres.

entre, ils ont du feu dans la gueule et dans les yeux; puis, lorsqu'on est dans la grotte, on trouve un grand trou dans lequel il faut descendre : il est plein de crapauds, de couleuvres et de serpents. Au fond de ce trou, il y a une petite cave où coule la fontaine de beauté et de santé : c'est de cette eau que je veux absolument. Tout ce qu'on en lave devient merveilleux; si l'on est belle, on demeure toujours belle; si on est laide, on devient belle; si l'on est jeune, on reste jeune; si l'on est vieille, on devient jeune. Vous jugez bien, Avenant, que je ne quitterai pas mon royaume sans en emporter.

– Madame, lui dit-il, vous êtes si belle que cette eau vous est bien inutile; mais je suis un malheureux ambassadeur dont vous voulez la mort : je vais aller vous chercher ce que vous désirez, avec la certitude de n'en pouvoir revenir. »

La Belle aux cheveux d'or ne changea point de dessein[1], et Avenant partit avec le petit chien Cabriolle, pour aller à la grotte ténébreuse chercher de l'eau de beauté. Tous ceux qu'il rencontrait sur le chemin disaient : « C'est une pitié de voir un garçon si aimable s'aller perdre[2] de gaieté de cœur; il va seul à la grotte, et, quand il irait lui centième[3], il n'en pourrait venir à bout. Pourquoi la princesse ne veut-elle que des choses impossibles? » Il continuait de marcher, et ne disait pas un mot; mais il était bien triste.

Il arriva vers le haut d'une montagne, où il s'assit pour se reposer un peu, et il laissa paître son cheval et courir Cabriolle après des mouches; il savait que la grotte ténébreuse n'était pas loin de là, il regardait s'il ne la verrait point; enfin il aperçut un vilain rocher noir comme de l'encre, d'où sortait une grosse fumée,

1. Projet.
2. Se faire tuer.
3. Même s'il était accompagné de cent hommes courageux.

et au bout d'un moment un des dragons qui jetait du feu par les yeux et par la gueule : il avait le corps jaune et vert, des griffes et une longue queue qui faisait plus de cent tours. Cabriolle vit tout cela, il ne savait où se cacher, tant il avait peur.

Avenant, tout résolu de mourir, tira son épée, et descendit avec une fiole[4] que la Belle aux cheveux d'or lui avait donnée pour la remplir de l'eau de beauté. Il dit à son petit chien Cabriolle :

« C'est fait[5] de moi ! je ne pourrai jamais avoir de cette eau qui est gardée par les dragons ; quand je serai mort, remplis la fiole de mon sang, et porte-la à la princesse, pour qu'elle voie ce qu'elle me coûte ; et puis va trouver le roi mon maître, et conte-lui mon malheur. »

Comme il parlait ainsi, il entendit qu'on l'appelait :

« Avenant, Avenant ! »

Il dit : « Qui m'appelle ? » et il vit un hibou dans le trou d'un vieil arbre, qui lui dit :

« Vous m'avez retiré du filet des chasseurs où j'étais pris, et vous me sauvâtes la vie ; je vous promis que je vous le revaudrais, en voici le temps. Donnez-moi votre fiole ; je sais tous les chemins de la grotte ténébreuse, je vais vous quérir[6] de l'eau de beauté. »

Dame, qui fut bien aise[7] ? je vous le laisse à penser. Avenant lui donna vite sa fiole, et le hibou entra sans nul empêchement dans la grotte. En moins d'un quart d'heure, il revint rapporter la bouteille bien bouchée. Avenant fut ravi, il le remercia de tout son cœur et remontant la montagne, il prit le chemin de la ville bien joyeux.

Il alla droit au palais, il présenta la fiole à la Belle aux cheveux d'or, qui n'eut plus rien à dire : elle remer-

4. Petite bouteille.
5. Fini.
6. Chercher.
7. Se réjouit.

cia Avenant, et donna ordre à tout ce qu'il lui fallait pour partir; puis elle se mit en voyage avec lui. Elle le trouvait bien aimable[1], et elle lui disait quelquefois :

« Si vous aviez voulu, je vous aurais fait roi; nous ne serions point partis de mon royaume. »

Mais il répondait :

« Je ne voudrais pas faire un si grand déplaisir à mon maître pour tous les royaumes de la terre, quoique je vous trouve plus belle que le soleil. »

Enfin, ils arrivèrent à la grande ville du roi, qui, sachant que la Belle aux cheveux d'or venait, alla au-devant d'elle, et lui fit les plus beaux présents du monde. Il l'épousa avec tant de réjouissances que l'on ne parlait d'autre chose; mais la Belle aux cheveux d'or qui aimait Avenant dans le fond de son cœur, n'était bien aise que quand elle le voyait, et elle le louait toujours.

« Je ne serais point venue sans Avenant, disait-elle au roi, il a fallu qu'il ait fait des choses impossibles pour mon service : vous lui devez être obligé[2]; il m'a donné de l'eau de beauté, je ne vieillirai jamais; je serai toujours belle. »

Les envieux qui écoutaient la reine, dirent au roi :

« Vous n'êtes point jaloux, et vous avez sujet de l'être : la reine aime si fort Avenant qu'elle en perd le boire et le manger : elle ne fait que parler de lui et des obligations que vous lui avez, comme si tel autre que vous auriez envoyé n'en eût pas fait autant. »

Le roi dit :

« Vraiment, je m'en avise[3]; qu'on aille le mettre dans la tour avec les fers[4] aux pieds et aux mains. »

L'on prit Avenant, et pour sa récompense d'avoir si bien servi le roi, on l'enferma dans la tour avec les fers

1. Digne d'être aimé.
2. Reconnaissant.
3. Me rends compte.
4. Chaînes.

aux pieds et aux mains. Il ne voyait personne que[5] le geôlier[6], qui lui jetait un morceau de pain noir par un trou, et de l'eau dans une écuelle de terre ; pourtant son petit chien Cabriolle ne le quittait point, il le consolait, et venait lui dire toutes les nouvelles.

Quand la Belle aux cheveux d'or sut sa disgrâce, elle se jeta aux pieds du roi, et, tout en pleurs, elle le pria de faire sortir Avenant de prison. Mais plus elle le priait, plus il se fâchait, songeant : « C'est qu'elle l'aime », et il n'en voulut rien faire ; elle n'en parla plus : elle était bien triste.

Le roi s'avisa qu'elle ne le trouvait peut-être pas assez beau ; il eut envie de se frotter le visage avec de l'eau de beauté, afin que la reine l'aimât plus qu'elle ne faisait. Cette eau était dans la fiole sur le bord de la cheminée de la chambre de la reine : elle l'avait mise là pour la regarder plus souvent mais une de ses femmes de chambre, voulant tuer une araignée avec un balai, jeta par malheur la fiole par terre, qui se cassa, et toute l'eau fut perdue. Elle balaya vitement[7], et ne sachant que faire, elle se souvint qu'elle avait vu dans le cabinet du roi une fiole toute semblable, pleine d'eau claire comme était l'eau de beauté ; elle la prit adroitement sans rien dire, et la porta sur la cheminée de la reine. L'eau qui était dans le cabinet du roi servait à faire mourir les princes et les grands seigneurs quand ils étaient criminels ; au lieu de leur couper la tête ou de les pendre, on leur frottait le visage de cette eau ; ils s'endormaient et ne se réveillaient plus. Un soir donc, le roi prit la fiole et se frotta bien le visage ; puis il s'endormit et mourut. Le petit chien Cabriolle l'apprit des

5. Sauf.
6. Gardien de prison.
7. Rapidement.

premiers[1], et ne manqua pas de l'aller dire à Avenant, qui lui dit d'aller trouver la Belle aux cheveux d'or, et de la faire souvenir du pauvre prisonnier.

Cabriolle se glissa doucement dans la presse[2], car il y avait grand bruit à la cour pour la mort du roi. Il dit à la reine :

« Madame, n'oubliez pas le pauvre Avenant. »

Elle se souvint aussitôt des peines qu'il avait souffertes à cause d'elle et de sa grande fidélité : elle sortit sans parler à personne, et fut droit à la tour, où elle ôta elle-même les fers des pieds et des mains d'Avenant, et lui mettant une couronne d'or sur la tête, et le manteau royal sur les épaules, elle lui dit :

« Venez, aimable Avenant, je vous fais roi, et vous prends pour mon époux. »

Il se jeta à ses pieds et la remercia. Chacun fut ravi de l'avoir pour maître; il se fit la plus belle noce du monde, et la Belle aux cheveux d'or vécut longtemps avec le bel Avenant, tous deux heureux et satisfaits.

Si par hasard un malheureux
Te demande ton assistance,
Ne lui refuse point un secours généreux :
Un bienfait tôt ou tard reçoit sa récompense.
Quand Avenant, avec tant de bonté,
Servait[3] carpe et corbeau; quand jusqu'au hibou même,
Sans être rebuté[4] de sa laideur extrême,
Il conservait[5] la liberté,
Aurait-on pu jamais le croire,
Que ces animaux quelque jour
Le conduiraient au comble[6] de la gloire

1. Parmi les premiers.
2. Foule.
3. Rendait service à.
4. Dégoûté.
5. Sauvait.
6. Sommet.

Lorsqu'il voudrait du roi servir le tendre amour?
Malgré tous les attraits d'une beauté charmante,
Qui commençait pour lui de sentir des désirs,
Il conserve à son maître, étouffant ses soupirs,
Une fidélité constante.
Toutefois, sans raison, il se voit accusé;
Mais quand à son bonheur il paraît plus d'obstacle,
Le Ciel lui devait un miracle,
Qu'à la vertu jamais le Ciel n'a refusé.

La Belle aux cheveux d'or, lithographie (XIXe siècle).

À lire

Charles Perrault, *Le Maître Chat ou le Chat Botté*, 1697

Un animal hors du commun. Le fils d'un meunier n'hérite que d'un simple chat. L'animal possède toutefois des qualités inattendues. Mèneront-elles le petit félin et son maître à la fortune ?

Andersen, *Le Petit Soldat de plomb*, 1842

Une histoire brûlante… Le petit soldat de plomb tombe amoureux d'une danseuse de papier. Mais un accident le précipite dans la ville devenue un grand champ d'aventures.

Lewis Carroll, *Alice au pays des merveilles*, 1865

L'imagination prend le pouvoir. Une petite fille s'ennuie… La voici à la poursuite d'un lapin qui l'entraîne dans univers peuplé de personnages mystérieux et farfelus.

Marcel Aymé, *Les Contes du chat perché*, 1934

Nos amies les bêtes. Delphine et Marinette sont deux petites campagnardes. Elles vivent entourées d'animaux qui parlent. Grâce à eux, elles s'éloignent d'une réalité douloureuse : la sévérité de leurs parents.

Pierre Gripari, *Les Contes de la rue Broca*, 1967

Voilà une rue parisienne bien singulière… Monsieur Pierre, installé dans une épicerie, raconte des histoires fantaisistes, très fantaisistes : une sorcière qui mangerait volontiers une petite fille, une poupée qui sait tout ou encore une fée sortie d'un robinet !

À voir

Jean Cocteau, *La Belle et la Bête*, 1946

Quand un poète offre un livre d'images... Pour découvrir une Bête encore plus laide, une Belle encore plus belle, dans un château plus magique encore que dans le conte de Madame Leprince de Beaumont.

Jacques Demy, *Peau d'Âne*, 1970

Un conte... musical. Une bien étrange histoire : un roi, veuf inconsolable, décide d'épouser sa fille. La jeune princesse décide de fuir le royaume, couverte de la peau d'un âne. Échappera-t-elle à son père ? Des images et des chansons pour faire rêver...

Tim Burton, *L'Étrange Noël de Monsieur Jack*, 1994

Un squelette très sentimental. Dans la sombre ville de Halloween, Jack, le roi des citrouilles, est seul et mélancolique. Par hasard, il découvre la cité de Noël, joyeuse et colorée. Il décide alors de faire plaisir aux enfants : il crée des cadeaux originaux et surprenants puis se fait passer pour le Père Noël. Mais rien ne se passe comme prévu !

Michel Ocelot, *Kirikou et la Sorcière*, 1998

Magie au cœur de l'Afrique. Dans un petit village africain, une sorcière impitoyable et cruelle empêche l'eau de couler. Un enfant malin affronte cette terrible femme. Une initiation au courage, à la maturité et à l'amour, jusqu'aux surprenantes métamorphoses finales !

Hayao Miyazaki, *Le Voyage de Chihiro*, 2002

Un spécialiste de la métamorphose. Lors d'une promenade, une petite fille se perd. Ses parents sont transformés en cochons. Livrée à elle-même, survivra-t-elle dans un monde très étrange et parfois même inquiétant ?

Notes personnelles

Ces pages sont les vôtres :
vous pourrez y noter, à loisir : vos citations préférées de *La Belle et la Bête*, ce que vous pensez de tel ou tel personnage, le passage de l'œuvre qui vous a marqué, ce qui vous a surpris, plu, mais aussi déplu... et pourquoi !

À vos plumes !

Notes personnelles

Table des illustrations

Conception graphique : Julie Lannes
Design de couverture : Denis Hoch
Recherche iconographique : Laurence Vacher
Mise en page : ScienTech Livre
Édition : Marina Ruiz
Coordination éditoriale : Valérie Antoni
Fabrication : Marine Garguy

MIXTE
Papier issu de sources responsables
FSC® C022030

N° édition : 10277143 - Dépôt légal : septembre 2021
Imprimé en France en septembre 2021 par la Nouvelle Imprimerie Laballery - N° 107539

La Nouvelle Imprimerie Laballery est titulaire de la marque Imprim'Vert®

COLLÈGE

73. **Balzac**, *Adieu*
65. **Bédier**, *Tristan et Iseut*
74. **Chrétien de Troyes**, *Yvain, le Chevalier au lion*
51. **Courteline**, *Le gendarme est sans pitié*
38. **Dumas**, *Les Frères corses*
71. **Feydeau,** *Un fil à la patte*
67. **Gautier**, *La Morte amoureuse*
1. **Homère**, *L'Odyssée*
29. **Hugo,** *Le Dernier Jour d'un condamné*
2. **La Fontaine,** *Le Loup dans les Fables*
3. **Leprince de Beaumont,** *La Belle et la Bête*
10. **Maupassant,** *Boule de suif*
26. **Maupassant,** *La Folie dans les nouvelles fantastiques*
43. **Maupassant,** *Quatre nouvelles normandes* (anthologie)
62. **Mérimée,** *Carmen*
11. **Mérimée,** *La Vénus d'Ille*
68. **Molière,** *George Dandin*
7. **Molière,** *L'Avare*
76. **Molière**, *L'École des femmes*
23. **Molière,** *Le Bourgeois gentilhomme*
58. **Molière,** *Le Malade imaginaire*
70. **Molière,** *Le Médecin malgré lui*
52. **Molière,** *Le Sicilien*
36. **Molière,** *Les Fourberies de Scapin*
6. **Nicodème,** *Wiggins et le perroquet muet*
21. **Noguès,** *Le Faucon déniché*
59. **Perrault**, *Trois contes* (anthologie)
8. **Pouchkine,** *La Dame de pique*
39. **Rostand,** *Cyrano de Bergerac*
24. **Simenon,** *L'Affaire Saint-Fiacre*
9. **Stevenson,** *Le Cas étrange du Dr Jekyll et de M. Hyde*
54. **Tolstoï,** *Enfance*
61. **Verne,** *Un hivernage dans les glaces*
25. **Voltaire,** *Le Monde comme il va*
53. **Zola,** *Nantas*
42. **Zweig,** *Le Joueur d'échecs*
4. *La Farce du cuvier* (anonyme)
37. *Le Roman de Renart* (anonyme)
5. *Quatre fabliaux du Moyen Âge* (anthologie)
41. *Les Textes fondateurs* (anthologie)
22. *Trois contes sur la curiosité* (anthologie)
44. *Quatre contes de sorcières* (anthologie)
27. *Quatre nouvelles réalistes sur l'argent* (anthologie)
64. *Ali Baba et les quarante voleurs*

LYCÉE

33. **Balzac,** *Gobseck*
60. **Balzac,** *L'Auberge rouge*
47. **Balzac,** *La Duchesse de Langeais*
18. **Balzac,** *Le Chef-d'œuvre inconnu*
72. **Balzac,** *Pierre Grassou*
32. **Beaumarchais,** *Le Mariage de Figaro*
20. **Corneille,** *Le Cid*
78. **Corneille**, *Médée*
56. **Flaubert,** *Un cœur simple*
77. **Hugo**, *Les Contemplations : Pauca Meae*
49. **Hugo,** *Ruy Blas*
57. **Marivaux,** *Les Acteurs de bonne foi*
48. **Marivaux,** *L'Île des esclaves*
19. **Maupassant,** *La Maison Tellier*
69. **Maupassant,** *Une Partie de campagne*
55. **Molière,** *Amphitryon*
15. **Molière,** *Dom Juan*
79. **Molière**, *Le Misanthrope*
35. **Molière,** *Le Tartuffe*
63. **Musset,** *Les Caprices de Marianne*
14. **Musset,** *On ne badine pas avec l'amour*
46. **Racine,** *Andromaque*
66. **Racine,** *Britannicus*
30. **Racine,** *Phèdre*
13. **Rimbaud,** *Illuminations*
50. **Verlaine,** *Fêtes galantes, Romances sans paroles*
45. **Voltaire,** *Candide*
17. **Voltaire,** *Micromégas*
31. *L'Encyclopédie* (anthologie)
75. *L'Homme en débat au XVIIIe siècle* (anthologie)